出 柜

一位商业领袖的忠告

The Glass Closet:
Why Coming Out Is Good Business

〔英〕约翰·布朗 (John Browne) 著

王祁威 译

上海社会科学院出版社
SHANGHAI ACADEMY OF SOCIAL SCIENCES PRESS

前　言

在2012年11月的英国上议院，我在投票表决期间的休息时段站在走廊，和一位学者、一位主教、一位政治人物谈话。我说，明天我要在"站出华尔街"（Out on the Street）研讨会上主持一场座谈，这场活动邀请了资深商界领袖齐聚一堂，讨论如何改善LGBT员工在金融服务业的工作氛围。三位大佬一脸困惑。"真想不到，"一人说道，"这个问题早就解决了。在学术界、教会、政界，我们一点问题也没有。"这句话听起来，好像他起了个头，要开始讲个低劣的笑话，但大佬们脸上浮现惊讶的表情，显然不是在开玩笑。多数人（即使是受过高等教育的人）普遍对LGBT员工每天所面对的困境浑然不觉。即使大环境已经有种种反歧视的措施，社会对同性恋婚姻的态度逐渐转变，大众文化中有越来越多同性恋人物，在美国估计仍有41%的LGBT员工选择不出柜。[1]在英国则是34%。[2]努力想爬上企业高层的员工显然缺乏学习仿效的对象：截至2013年底，财富500强企业的CEO里，竟然连一位公开出柜的同性恋者也没有。（编者按：苹果CEO蒂姆·库克于2014年10月30日在《彭博商业周刊》公开出柜。）

这本书希望能了解他们不愿出柜的原因是什么，并告诉读者以真面目示人的种种优点。

本书汇集了超过一年的研究,以及我与全世界超过 100 名商界人士、企业高管、学者、体育与娱乐界人士、心理学家、多元文化思想领导者的访谈。这本书有两个目标:第一是通过我自身的故事以及其他同性恋企业高管的故事告诉读者,无论是对员工自身或对支持员工的企业来说,出柜都是最佳策略;第二是为企业提供一条可行的道路,以促进真诚、包容、多元、尊重的价值。

我必须做几个重要声明。首先,我的初衷并不是代表 LGBT 整体社群发声。每个人的出柜经验都不一样,年龄、地域、职业、资历、宗教背景、家庭状况等因素都会影响出柜的经验。在寻找面谈对象时,我不但通过自己的人际网络,也撒下更大的网,希望能捕捉更多元的声音与经验。然而,本书主要还是聚焦白领专业人士。这么做并非有意掩盖蓝领阶层所面对的挑战,事实是,我在商界打拼超过 40 年,我希望能写我自己最熟悉的事物。

同样,本书主要侧重在美国与欧洲。在一些国家,同性恋仍被视为犯罪,曝光会让同性恋者入狱甚至丧命。与这些国家的男女同性恋者相比,西方国家的 LGBT 商界人士面对的困难只是小巫见大巫,简直微不足道。当美国的活跃人士呼吁给同性伴侣平等福利,给同性婚姻法律认可的同时,在乌干达与印度等地的活跃人士则在为最基本的保障与人权而奋斗。他们的困境值得全球关注,但已超越了本书的中心范围。我希望西方国家的商界领袖与企业能运用他们的影响力,帮助其他地区的 LGBT 人群做出改变。

最后要说明的是,本书是务实取向而非理论取向,书中提供了各种范例以供参考。

出柜只需一瞬间,但是,要建立出柜的自信心却可能需要几十年。出柜背后包含了历史与心理、法律与宗教、成功与失败等种种因素,本书希望能涵括这些要素。第一章聚焦于我向英国石油公司(BP)请辞的事件,这起事件的导火线是我的性取向曝光。环绕着我离职的种种戏剧性事件,象征着我的专业生涯与个人生活的转折点,它们显示的是不真诚带来的后果。

我对自己性取向的不安全感不全然来自我的生长环境,我的事业或我的社交网络。另一个重要的影响,是社会长期以来用不同的标准看待同性恋者,给同性恋者不同的待遇。第二章将介绍恐同心理在世界各地落地生根的历史脉络与社会状况。

恐同心理,以及这种心理促成的反同法律正逐渐消失;然而恐同的历史遗产仍渲染着我们的思维。第三章,我们聆听依旧躲在柜里的男男女女的声音,他们到现在仍害怕出柜会限制他们的事业成就。他们的恐惧也许过度夸大,但当你活在柜里的时候,是很难平衡看待这份恐惧的。聆听他们的故事,其中也反映着很多我自身的经验。

他们的忧虑与一项不幸的事实交织在一起:对同性恋者的偏见依旧存在。我们将在第四章里见到,偏见随着时间渐渐消逝,但 LGBT 员工在出柜时仍时时需要做好接受风险的心理准备。就如同任何其他行业一般,商界总有一部分心胸狭隘的人,但这个领域也有越来越多的开明者。第五章将说明企业为什么需要改变,该如何拥抱改变。企业现在了解,光是宽容 LGBT 员工是不够的,更应该主动吸引他们,会带来种种好处。

自出柜以来,我的生活更加自由,我迎向全新的专业挑战,不再为出柜担心。但出柜是个艰难的过程。在第六章中，商界同性恋者分享他们有关出柜的种种正面故事。这些故事形形色色，就像LGBT社群的成员一样多元。

揭露真实自我所带来的挑战，在每个领域都不一样。因此在第七章，我将目光转向传统商界以外的领域，包括体育界与政界。在体育界，LGBT平等与包容程度仍远远落后社会整体，而政界则是推动变革最重要的平台之一。这些领域有其独特的环境条件，它们为其他领域的同性恋者提供了值得参考的经验。

这段旅程，从衣柜之内走到CEO办公室，将告诉我们公司如何能改变企业文化，促进对LGBT的包容性，这是第八章的主题。这章也将说明，为什么同性恋员工必须为自身的职业生涯负责。公司如果能持包容的态度，决定要不要走出去的人则是员工自己。

回顾我担任英国石油公司CEO期间，我但愿当时自己有足够的勇气早点出柜，我的后悔到今天仍难以平息。我知道，如果我早点出柜，我可以对其他男女同性恋者产生更大的示范性。我希望这本书的故事能发挥自身的示范性，带给一些男女同性恋者勇气。

目 录

第一章　捉迷藏 ·· 1
　成长 ·· 8
　职业生涯 ·· 12
　跌倒 ·· 16
　再起 ·· 19
　回顾 ·· 23

第二章　美丽与偏执 ··· 25
　美丽 ·· 28
　责怪 ·· 29
　偏执 ·· 31
　电视 ·· 39
　鸿沟 ·· 42

第三章　深深埋藏 ··· 49
　躲藏的代价 ··· 59
　隐藏大师 ·· 64

第四章　幻影与恐惧 ·· 69
　　在企业金字塔顶端 ···································· 72
　　隐性偏见 ·· 74
　　显性偏见 ·· 77
　　恐惧渐减 ·· 83

第五章　出柜是桩好生意 ································ 87
　　隐性成本 ·· 92
　　隐性污名 ·· 98
　　市场 ·· 99

第六章　出柜的好处 ···································· 105
　　"这样不是很惨吗？" ································ 106
　　"我们的苦难各不相同" ······························ 110
　　多元文化的典范 ···································· 111
　　跨性别的禁忌 ······································ 115
　　并非人人都是异性恋 ································ 118
　　即使在日本 ·· 122
　　刻板印象 ·· 123

第七章　意见领袖与偶像 ································ 125
　　政治 ·· 127
　　体育 ·· 133

法律 ·· 140
　　偶像 ·· 144

第八章　打碎玻璃 ···································· 145
　　主动领导 ·· 147
　　LGBT 资源团体 ······································ 150
　　直人盟友 ·· 152
　　目标与测量 ·· 154
　　个人责任 ·· 155
　　模范人物与他们的故事 ······························ 156
　　在保守国家工作 ···································· 158
　　展望 ·· 161

第九章　衣柜之外 ···································· 163
　　解放 ·· 166

致谢 ·· 171
人物简介 ·· 175
注释 ·· 191

第一章　捉迷藏

该是离开大楼的时候了。

2007年5月1日下午5点,仅仅数小时前,我刚刚递出英国石油公司CEO辞呈。我走进伦敦总部5楼电梯,电梯开始下降。当电梯门打开,我有两个选择。我可以在不受注意下走到地下室停车场,开车从查理二世街遁逃。或者,我可以径直穿过大厅走出正门,门外是绿意浓密的圣詹姆斯广场,那里有大约30个新闻摄影记者守候了一整天,像秃鹰等待猎物一般。

过去40年来,我全心全意想在石油业界隐藏我的性取向,我的这份渴望在这个可怕的时刻达到了高峰。我长久隐藏的秘密即将被揭开,无法再隐藏。我决定,我必须从正门离开。

摄影记者与编辑回到报社,有满满的材料可以大做文章。伊迪法官(Mr Justice Eady)同年1月在高等法院曾下达一道新闻禁令,在今天早上大约10点解除。禁令一解除,联合报业(旗下有《每日邮报》《周日邮报》和《伦敦标准晚报》)就可以详尽地报道我和一位名为杰夫·希瓦利埃(Jeff Chevalier)的年轻加拿大人之间为期3年的关系。

关于我们关系的谣言已经流传了好几个月,[1]但如果这则八卦新闻获得直接公开的证实,会让商界大多数人大吃一惊。

2003年，杰夫23岁，是个应召男。我在网络上认识他，现在这个网站已经关站了。我在大众的眼中是个企业家，因为担心曝光风险，没胆上夜店或交男友。相反地，我选择了一个隐秘但更危险的做法。无论如何，9个月后，他搬进了我家。我觉得老实告诉最亲近的朋友我们认识的过程太过难堪，所以我们编造了一个故事，说是在我的公寓对面，泰晤士河对岸的巴特西公园慢跑时偶然认识的。我从不曾主动讲过这事，但朋友自然会好奇。朋友一追问，我就端出这套样板故事来。

我的这段关系最后以分手而告终。我继续在经济上支持杰夫，不是因为我想用钱封他的口，而是因为我心里想做好人，不希望草率地切断与他的关系。然而，我并不打算养他一辈子。在大约9个月后，我停止寄钱给他。他开始传短信和电子邮件给我，我置之不理。2006年圣诞夜，他写了一封电子邮件给我，语带恐吓。"我要求的最低限度是一点点帮助，"信中写道，"我不想让你难堪，但我用尽各种方法进行沟通，你却毫无反应，已经让我走投无路了。"[2]我仍旧忽视这封信。

圣诞节与新年来了又去。2007年1月5日星期五我在巴巴多斯度假，《周日邮报》拨电话给英国石油公司媒体部。他们说，他们打算爆料我的私生活，焦点放在我和杰夫相遇的过程还有我们交往期间的点点滴滴。杰夫把这则新闻卖给报社，换来一笔不小的金钱。他们要我在当天结束前回应。无论我有没有回应，星期日这条新闻都要见报。

阳光沙滩的好风景被愤怒与恐惧所取代。我曾经那么信任这个年轻人，他却选择把我们的故事兜售赚钱。他讲的故事里，事实终会证明很多是夸张或不实的内容,但是我建筑在个人私生活周围的高墙开始倒塌。我害怕即将触发一场连锁反应,最后会破坏我的人生、我的商业关系、我的信誉,最终毁了股东托付给我领导的英国石油公司。与朋友同事紧急讨论后,我决定聘请伦敦顶级的律师事务所,想办法取得阻止新闻曝光的禁令。

我那时59岁,在我最亲近的朋友圈中,绝大多数不曾与我讨论过我的性取向。然而在突然间,我却需要通过手机,把我的生活一五一十解释给初次认识的律师听。我们素昧平生,但在这焦急且紧张的状况下,我不得不与他分享我的秘密人生,尤其是其中最私密的细节。也许这也是为什么我决定不要全盘托出。当律师问我,一开始怎么与杰夫接触时,我说我们是在巴特西公园慢跑时认识的。

1月6日星期六,高等法院颁布禁令,禁止这条新闻登出。我大大松了一口气,但我知道这只是短暂的缓兵之计。我知道报社还会再上诉,顽固地紧咬不放,直到禁令解除。我也知道,我的证词里藏着一处造假,这会影响重大。

第二天我飞到特立尼达和多巴哥处理公务。我与总理曼宁(Manning)会面,会面期间我的心头缠绕着禁令,以及一份指责英国石油公司炼油厂安全问题的报道即将登报。我下定决心,我不能继续担任CEO。我个人生活的风暴可能会毁掉我的声誉,我坚决不让这件事对英国石油公司造成影响。1月8日,我搭隔夜班机飞回伦敦。飞机一落地,我与董事会主席彼得·萨瑟兰(Peter Sutherland)见面。依照律师的指示,我尽可能地向他解释,同时小心不致泄漏法院禁令的内容或细节。我说,我希望立刻辞职。

虽然彼得接受了我的提议，但董事会决定让我留任直到 7 月底。当禁令持续在法院系统里慢慢推进的同时，法律限制各团体不得声张，我该怎么向大众解释我的辞呈？公司任命了托尼·海沃德（Tony Hayward）接下我的位置。他将在夏天上任，我无可奈何只好等待。

2007 年 1 月 16 日，英国石油公司发表了《贝克报告》（Baker Report）的结果，美国前国务卿詹姆斯·贝克（James Baker）领导调查 2005 年 3 月英国石油公司位于得克萨斯州的炼油厂爆炸案，调查小组发表了这份报告。相形之下，我的个人忧虑显得微不足道。那场悲剧造成 15 人死亡，超过 170 人受伤，是美国近 20 年来最严重的生产意外事件之一。这是个气氛极度紧张的一天，我承认对此负责。报告发布记者会让我想起爆炸案发生后我巡视炼油厂的回忆，受害者家属和员工的痛苦都还历历在目。

在保持个人生活与职业生涯之间的距离方面，我有丰富的经验，但《贝克报告》残酷的诚实冲破了这个界限。事实揭晓，我和杰夫相遇的故事是我编造的谎话。这时我没办法把精力放在任何其他事情上。2007 年 1 月 20 日，我更正了我的证词，就证词误导办案向高等法院致歉。我松了一口气，虽然我心里知道，道歉对于必然的结果没有任何影响。

在外面世界的眼中，一切运转照旧。我接下来 6 个月的行程表，看起来就和我担任英国石油公司 CEO 的任何一段时间没什么两样。每天充满了开会和商务旅行——5 趟飞纽约，3 趟飞美国其他城市，2 趟飞俄罗斯（包括 1 趟向俄罗斯总统普京［Vladimir Putin］道别），1 趟飞中国，同时还有 3 场英国石油公司董事会与一场股东大会。我在表面上一派泰然自若，但这段时间是我此生压力最大的日子。

有时候，保持沉默的压力让我举止失常。我在毫无理由的情况下临时决定不出席在达沃斯举办的世界经济论坛。1月底，我休了一周的假，消失得全无踪迹，我从来不曾这样。在渐渐升高的偏执心理下，我试图躲开任何可能问我为何离开英国石油公司的人，我逃到巴塞罗那附近的朋友家。我回来时，听到高等法院判决禁令将解除，但允许禁令暂时维持有效以利上诉。上诉法院在3月5日及6日聆听我的上诉录像。在等待他们判决的同时，我到纽约办公。我记得当时被焦虑困扰到不得动弹，我获颁一个商界奖项，消费者新闻与商业频道摄影团队要为我录像，我甚至忘了赴约。通用电气公司 CEO，也是该频道的所有者杰夫·伊梅尔特（Jeff Immelt）后来打电话给我，说他们已经取消了这份奖项。

几天后，我的上诉失败，但法院再次决定维持禁令暂时有效，让我能上诉到上议院，这是保护我的隐私权的最后机会。然而，我知道这一步不太可能成功，禁令迟早会解除。我为禁令解除这一天做了不少准备工作，居然没花太多时间就完成了。好像这一切，包括我的辞呈，都是很早以前就计划好似的。

这是我人生中最如梦魇般的几个月。我不是个受害者，人人都必须为自己的选择负责，而我也做过一些不好的选择。我一直以来活在衣柜里，为了一个应召男让自己卷入一团混乱中。这已经够糟了，但更糟的是，我不但维持着这段关系，还不打算把这件事告诉任何人。因此我在证人陈述书里说了谎，两周后我更正了这个谎言。虽然这不算伪证，但已十分接近。我说的谎让一切每况愈下。在这段艰难时期,我的律师告诫我不得与任何人讨论这个案件,但《周日邮报》的编辑却抓准时机将新闻添油加醋。时间持续折磨着我,直到 2007 年 5 月 1 日禁令终于解除。

中午时,我已经向自己领导了 12 年的英国石油公司提出辞呈。我大学还没毕业就在这里工作了,这是我职业生涯的起点。我给记者念了一份声明稿,文字中带着一股悲悼的语调。

"我在英国石油公司服务的过去 41 年职业生涯中,一直都把自己的私人生活与公务生活分离,"声明说,"我一直认为自己的性取向是个人的事,应该保持隐私。我感到很失望,现在某个报业集团决定要让我私人生活的诉讼案公之于世。"

这份声明引发了如海啸般的新闻头条与报道,连续数日盘踞英国与国际主要报纸头版。高等法院解除禁令后,报社更是有恃无恐,大肆报道许多纠缠不清的诉讼案,有些是内容错误,误导读者的新闻。我并没有如报道宣称,向前男友透露我和英国首相托尼·布莱尔或财政部长戈登·布朗的机密对话。我也没有盗用公司资产与经费供养他,英国石油公司在调查证据后也证实了这点。

在法院判决书中,伊迪法官说虽然他可以将此案转交给司法部长,但这样不会有任何帮助,因为把我的一言一行写在公开判决书中,就已经是严厉的惩罚了。除此之外更糟的是,最近这些新闻事件将掩盖英国石油公司自 1995 年以来的种种成就。在我担任企业 CEO 期间,英国石油公司的市值增加了 4 倍。我们的企业原本是人称"七姊妹"[3]的靠后者,现在成长为世界一流企业,员工多达数万人,从休斯敦、莫斯科到吉隆坡,遍布世界。曾有一段时间，英国退休基金的配息里，每 6 英镑就有 1 英镑来自英国石油公司。所有的这些成就，突然间都成了文末脚注似的。报社编辑会把本日新闻写成一则充满权力、性爱与谎言的故事。而就在下一刻，我将要给他们送上照片。

电梯门打开，我可以看见外头的摄影记者镜头瞄准，蓄势待发。我在楼上的团队为了我的离去伤心流泪，我对他们深深感谢，但我没有表现任何情绪，也没有说任何道别的话。我集中所有心力，只为了熬过接下来的几分钟。

有个念头在我脑中萦绕，是来自我的母亲，她是纳粹奥斯威辛集中营的幸存者，在过世前的 14 年都与我生活在一起。她的家人几乎都死于战争，她曾有一段时间活在极度的痛苦与折磨中，但她从未执着于过去。在追求情感表达与坦率直白的今天，我们可能很难了解她如何能放下。她从未让那段黑暗的时间削减她的人性，她同样有人权尊严，让她挺直腰杆面对一切的智慧未曾减少分毫。

英国石油公司的大厅有一条发光的绿线，径直通向门口。我沿着绿线一路迎向记者们。按动照相机快门的声音从一声变成一千响。我在人行道上暂停，微笑。不然我还能做什么？摄影记者推推挤挤，有些人试图激怒我，显然这样能拍出更有卖点的新闻照片；还有人大喊"死玻璃"。英国石油公司的警卫们开出一条路让我上车，同时有个急躁的摄影记者被推倒在地。一名警卫低头看他，带着点讽刺地说："真抱歉啊。"

当时英国石油公司的媒体部主任罗迪·肯尼迪陪我乘车回到我在切尔西的家。我的司机彼得过去曾在警界工作，现在他得甩掉拿着照相机追逐我们的狗仔机车队。车外混乱骚动之时，车内的我们一言不发，感觉好像车里的空气被抽光了似的。

驶离我一手建立的企业，我的心仿佛死了一般。数十年来，我努力切割、隔离我生命里的一大部分，就是为了避免这样的事情发生。我尽可能地躲藏、闪躲、蒙骗，能多久是多久。但在那天，几乎是不可避免的，我的两个世界对撞崩溃了。最后的结果是我失去了辛苦经营一辈子的工作。

经历多年的担心害怕，我不由得想，也许我的恐惧终究是有道理的。至少在那个时刻，我相信自己一直都是对的。

成 长

在我的事业起步之初，我不愿意公开承认自己的性取向，原因是缺乏自信。并不是石油产业压迫我，实情并非如此。从受训新人晋升到CEO的一路上，让我对自己的能力产生了信心，也教导我如何展现自信，几乎到了傲慢的程度。

但我内心深处隐藏了强烈的不安，我几乎每天都必须面对心里的纠结。如果你对展现真实的自我感到难为情，就很难感到自在。这种感受并未随着我的职位升迁而减少，我职位越高时反而越害怕，因为我感觉自己一失足，丢失的东西会更多。

我就如同许多的同性恋男女，这份焦虑感早在投入商界职业生涯前就开始生根发芽，所有的调适、犹豫与自我怀疑，都是很早就开始了。

我的学校是剑桥的一所寄宿学校——伊利国王学院（King's

School Ely)。伊利国王学院建立于公元970年,由几间修道院式的校舍组成,与伊利大教堂的关系很密切,我们经常在伊利大教堂里做礼拜。这是一所开明派的英国国教学校,课堂很少讲到地狱之火或上帝天谴,我记忆里没有一堂宗教课提到同性恋这个话题。似乎所有人联合起来对这个话题保持沉默,仿佛它不存在似的。

大多数人都误以为(而且这是全然误解),在全男子寄宿学校里必定充满同性恋罗曼史。在我迈入成年的20世纪60年代,同性恋仍是违法行为。我们对这件事似懂非懂,我从没见过恐同者霸凌别人,也没听过关于学生或老师的闲言碎语。相反地,有过性接触的学生会安静无声地被开除,他们会突然间消失无踪,没有人给过任何解释。我们接收到的信息很清楚:同性恋是错的。

无论在校内或校外,同性恋的后果都是一清二楚的,但并未因此阻遏性渴望或活动。我的第一次同性恋经验是在国外。当我是青少年的时候,父亲是英国石油公司的员工,那时他在海外出差,暑假我到他出差的国家享受阳光,以及比英国放松得多的气氛。我与几个同年龄的朋友曾经发生过接触,他们的父母也是石油公司员工。我从来没有罪恶感,但我确实曾担心我们做过的事会被人发现。幸亏我不需要与我的朋友订下什么约定,我们心照不宣地遵循缄默守则,因为我们同样都害怕事情曝光。

我的父母是非常有智慧的人,他们周游列国,欢迎各种访客来我们家,无论他们的种族或宗教背景。然而,就像在学校一样,同性恋未曾出现在任何对话中。在我们家的脚本里(我想象在许多人家里也是雷同的),没有讨论性取向的空间,甚至连我有没有女朋友这种更基本的问题都不存在。我的父亲是他那一代典型的英国男人，从不讨论自己的感受，他也不期待你聊起自己的感受。他曾经担任陆军上尉，为英国从军参战。军旅生涯养成了他的坚毅性格，到退伍后都没有改变。

我的母亲可以有一千个理由回避这个话题，其中绝大多数是因为她活过了纳粹大屠杀。我的外公是天主教徒，外婆是犹太人，母亲在罗马尼亚奥拉迪亚市长大，街坊邻居绝大多数是天主教徒。由于她的家庭与天主教的渊源，她与5个兄弟姐妹原本可以逃过一劫，但有人泄漏了他们的背景，纳粹把我的母亲和她的家人送上开往奥斯威辛集中营的运货火车。一抵达目的地，她就被送到集中营里的军需品工厂，与其他人一起工作。她的亲戚里有几个被送到称为比克瑙的集中营。她这辈子再也没见过她的父母。

她曾经历人性最黑暗的一面，所以不轻易信任别人。她的思想里时时萦绕着一丝怀疑，"别和人说你的秘密"，从我小时候她就这样告诫我，这是我牢记于心的一堂课。

我们从未讨论过她在奥斯威辛集中营的见闻和经历。她把这些记忆深深锁住，就算我充满好奇也从不敢问，怕让她重温痛苦时光。随着我长大，对第二次世界大战的了解增加，我越来越清楚，在她的痛苦之下，必定埋藏着一些有关身上挂着粉红三角标志的同性恋囚犯的回忆。

她有没有怀疑过我是同性恋者？我不知道。但我很确定这一点：她非常相信任何示弱的征兆都是不好的。我十分确信，在她眼中，我的同性性取向是一种缺点，必须隐藏起来才能避免灾难性的后果。一场又一场的危机会让人们成为实用主义者,她是我见过的最实际的人。如果我向她坦白我的性取向,我想她会说:"我不在乎你是同性恋或异性恋。你以后无论如何都要结婚,要生儿育女。这件事自己知道就好,这事对谁都没好处。"我想,不管我几岁,她都会说一样的话。

在我将近20岁时,我谨记着母亲的警告,对别人深具戒心。我像所有的年轻男性一样,随着性幻想与欲望的觉醒,我渐渐对此着迷。无论欲望在何时升起,我都在心里告诉自己:"什么都不要做,什么都不要说。"我已经开始学着将我的生命切割成一块一块。我在其中一块里塞满了符合社会期待的各种故事与形象;在另外一块里,则堆满了不可告人的秘密感受与想法。

我后来到剑桥大学主修物理学,我内在生活与外在生活之间的围篱,在这段时间更加巩固了。我不担心人们怀疑我是同性恋者,因为他们不认为有学生会交女朋友。女学生只占学校很小一部分,而且男性与女性几乎完全分离。我们住在不同的校区,在不同的餐厅吃饭。

我参加了玛格丽特夫人划船俱乐部,担任其中一支男子划船队的舵手。反同的恶作剧并不常见,如果提到什么同性恋的难听话,最严重的大概是"娘炮"(poofter)和"掀衣变态"(shirt lifter)。我有时会情不自禁喜欢上别人,或在更衣室与其他划船手交换眼神,但我从来不敢更进一步。我当时唯一的同性恋经验是读詹姆斯·鲍德温(James Arthur Baldwin)的小说《乔凡尼的房间》(*Giovanni's Rooom*),这书讲的是一个年轻美国男子与意大利酒保之间发生的感情。任何与同性恋生活有关的一点点联系,对我来说都像是平凡日子里洒下了稀罕的金粉一般。

职业生涯

1969年,我接受了英国石油公司给我的一份工作。我想到美国去,英国石油公司于是决定送我到阿拉斯加,这与我原本的预期不符,但我接受了这份差事,在安克雷奇市(Anchorage)以北650英里极圈上的冰原之中开始我的职业生涯。我在一个钻探油井团队担任石油工程师,从中学习一技之长,我是公司中的基层。这是英国石油公司挫你锐气的办法,让你不致太过自傲。时间推移,随着我在纽约、旧金山、伦敦、卡尔加里(Calgary)各地升迁调职,我的责任也同时增加。

随着我的事业进展,我的工时也越来越长,我把对自己身份的挫折感全都导向工作。对我来说,出柜不会有任何好处。我的事业蒸蒸日上,我的私人生活与公众生活之间的界线非常清楚。在办公室里,我没特别对什么人感兴趣。在办公室外,我过着秘密的生活,我会到酒吧认识同性恋者,有时会发生性关系。这两个世界从来没有交集,对此,我感到很满意。通过大量实践,我对危险的敏感度越发敏锐了。

1981年,我在英国石油公司已经服务12年了。我当时33岁,搬到以花岗岩建筑和难得的美丽夏日而闻名的苏格兰城市阿伯丁。我被任命管理北海最大的油田英国石油公司最重要的生产资产之一——福蒂斯油田。我一个月会有两个周末是在我们庞大的海上钻油平台上度过。员工们戏称我们这12个钻油平台经理是"枢机团",而我则是"教宗"。

在一个由我值班的周末夜,我到全镇唯一的同性恋夜店去。我曾去过其他同性恋场所,但这是我在阿伯丁的第一次。我胆战心惊,但我计算过,遇见英国石油公司的任何人的概率几乎为零。我认识了一个人,后来我们一起回家。我们没提太多有关自己的个人资料,但他显然是个学识甚高的专业人士。我大概告诉了他我的名字。如果你叫"约翰·布朗"这种大众名,意思和"某甲"也差不多了。

两天后,我在办公室远远看见他由走道朝我走来。一瞬间,我感觉自己体温骤升,我扫视四周,确定不管我做什么反应都没有人会看到。此时我管理着数百名员工,不知有多少人会开玩笑说,想不到连教宗也会干丑事?

在那短短的瞬间,我内心的危机如排山倒海,但最后竟然平静无事地度过。结果我发现,那天认识的男人在英国石油公司的另一个部门工作,显然他和我的处境一模一样。后来我们几次偶然认出对方,都表现得像毫无关系的陌生人一样。天真的我,还以为全世界只有我一个人在努力隐藏秘密。

我从没想过经营长期关系,现实层面的障碍太过艰巨。企业晋升的阶梯本身已经够滑溜了,何必在你的升迁台阶上抹油?我那时不知道,我在纽约的老板,已过世的弗兰克·里克伍德(Frank Rickwood)是同性恋者。法兰克也许不是英国石油公司唯一的同性恋者。莫里斯·布里奇曼(Maurice Bridgeman)自1960年至1969年担任英国石油公司总裁,事实上,据说他曾在20世纪70年代早期形容营销部门"充满了疲惫的扮装皇后"。

我的好友吉妮·萨维奇(Gini Savage)说,在我加入英国石油公司之前,人称营销部门为"英国娘娘",日本、意大利、葡萄牙、西班牙的营销经理甚至还组成了某种同性恋帮派。这种模式大概无法套用在与我共事的粗犷钻探工人身上。1981 年,艾滋病流行助长了全世界的恐同心理,我又多了一个理由来压抑同性关系的想法。[4]

我的家庭状况让情况更加复杂。我父亲长年罹患糖尿病,因为坏疽接受多次截肢,最终在 1980 年过世。我的母亲顿失支柱,不知自己独个生活该怎么办。20 世纪 80 年代早期,她经常来与我同住。当我在 1986 年调职到克里夫兰,她决定搬来和我永久住在一起。我现在回想才发现,我那时不只希望照顾我的母亲,我也需要她来看顾我,保护我不受内心的欲望所伤害。

我在英国石油公司一路平步青云,因此加强了我的双轨人生。我晋升到俄亥俄标准石油公司财务总监的位置。我深以我的工作为乐,我的母亲很喜欢与我在美国各地旅行。然而,我显然内心寂寞。我告诉自己,我可以同时做好工作,照顾母亲,还可以偶尔享受邂逅新人的刺激——虽然过的是一种非常复杂的生活。有时是到纽约出差时抽空上酒吧;有时,在没有网络的时代,打分类广告电话,试着约见面。随着我参与这个哑谜游戏的时间越久,我玩得越是得心应手。有时我觉得这种双重生活非常刺激,我觉得这种生活多少增强了我察觉危险的技能,仿佛我是个受训中的谍报员。我告诉自己,这才是正确的生活之道。

在成为 CEO 后,我认为个人作风低调对公司的利益是很重要的。我越来越低调,越来越不愿意寻求伴侣。在那时,我们正努力将英国石油公司改造成全球大企业。我经常与来自民风保守国家的商界与政界领袖打交道。我担心要是透露我私生活的一分一毫，会损害商业关系，特别是与中东地区的关系。在一些中东国家，同性恋仍是可判处死刑的罪行。我相信，将我的专业世界与个人世界分开，对两边都有好处。

我现在十分确定，有些人知道（或强烈怀疑）我是同性恋者。一个成年男子带着妈妈参加公司的活动，必然会引起阵阵窃笑。但我实在太忙了，不曾耳闻咖啡间里或饮水机边的闲言碎语。

幸亏人人都喜欢我的母亲。她泰然自若地扮演女主人的角色，成为英国石油公司活动与晚宴传统的一部分。她成了一名公司薪水册里不支薪的员工。有时她没出席活动，人们还会问："宝拉人呢？"她在晚宴活动中带给人无限妙趣，不光是因为她的背景，也因为她的个人魅力。她为人活泼、聪慧、时髦，女性们欣赏她的珠宝与服装品位。随着时间的推移，她举手投足间益发优雅，不夸张地说，在专业领域里，她是非常重要的角色；在个人层面上，她也成了我的替代伴侣。

母亲参加了在阿斯特（Astors）家族故居克利夫登庄园（Cliveden House）举办的豪华千禧年庆祝派对，两个月后她开始生病。她在2000年7月9日过世，当时我陪在她身边。我们雇了一位全天候的居家护士。她给我母亲少量的吗啡，让她不受疼痛折磨。某个周日，我们拿报纸给她，她坐着读报时说了一句："我看不到报纸了。"接着就与世长辞。

在接下来的几个月里，我活在绝望的寂寞之中。如果我是异性恋，到这个阶段我应该已经结婚，养儿育女，我会和家人一起悼念母亲。但是我没有一起悼念的家人,寂寞吸干了我所有的能量与力气。

我不记得确切的日期,但在我母亲过世后大约一年多,我开始认真找伴侣。我在这方面一点经验也没有。现在的年轻人对于上网一点也不困难,但当时的网络和今天的网络大不相同,而且对我这个年纪的人来说,交往经验包裹着一层羞愧感,整件事变得更令人裹足不前。可预见的是,寻找伴侣的过程最终给我带来一场灾难。

跌 倒

2007年5月1日那天晚上,我睡得非常沉。好几个月以来,个人生活与职业生涯之间的混乱让我身心俱疲。连续几周我以烟代饭,体重掉到58千克;虽然我个子不高,但这样的体重对一个将近60岁的男人来说还是太轻了。同时我也耗尽了精神力量,当脚下的立足点正在迅速流失时,光是要让自己正常度日,都需要消耗大量心力。

5月3日,我辞职后两天,我要到布鲁塞尔的阿玛蒂亚·森(Amartya Sen)系列讲座针对可持续发展主题发表演讲。我在几个月前收到邀请,这是个莫大的荣幸。然而我担心大量的媒体报道会分散注意力焦点,让大众忘记这个系列讲座与它的目的。

我的朋友和同事叫我避免读任何新闻报纸。但显然受邀前来的外交官与学者不可能逃过可憎的新闻标题:"傲慢、谎言、同性恋丑闻 压垮英国石油公司总裁""大谎言:石油总裁1500万英镑封口费失效""布朗勋爵:失去光芒的太阳王"。有些听众可能已经读过《每日邮报》等小报上的尖锐评论。"他就差那么一点,就能成为大众怀念、尊敬的伟大人物,"小报写道,"他是多么向往成为一代伟人。但是昨天,事实揭晓,从头到脚无懈可击的英国石油公司CEO、马丁利镇的布朗勋爵,最终是个傲慢的骗子。"[5]英国《卫报》的评论写道:"这个人在众人眼中是产业革新者,最后竟然会以如此传统的方式下台,真是巧合。本市一个支持他的基金管理人说,他昨晚被扫地出门的消息'令人气愤',然而这个职业生涯与风险为伍的人,最终还是一样败在风险之下。"[6]

我表示我可能不会出席,但讲座组织者坚持,最近的事件与他们不相关,所以我还是来到了比利时。我的演讲非常乐观正面,我认为如果我们努力从现在的生活方式转移进入低碳时代,成功概率是非常高的。我承认,转变的速度是关键,我的结论指出,科学家已经开始观察到种种严重危机,但只要我们的行动够迅速,还是有一线生机。总而言之,我认为,若没有众人共同承担的危机,就没有众人共有的使命感。

演讲后观众起立鼓掌,看到这一幕让我为之一振,提醒了我,即使失去了CEO的头衔,我仍有自己的舞台。然而,偶然的敌意刺穿了掌声。"布朗勋爵,你准备好坐牢了吗?"一名《每日邮报》的英国记者问道,"你说了谎。现在你必须回答。这件事关系到公众利益。"观众对他报以嘘声,他很快回到自己的座位。但从起立鼓掌到尖锐提问之间,我实在搞不清楚每一个观众心中各自在想些什么。

我不会自欺欺人：确实有人无法忍受我，无论是因为我的性取向或其他缺点与瑕疵。我确信，不少人看着我在众目睽睽之下出丑，很乐在其中。我只能选择忽视他们。在布鲁塞尔发生的这件事削弱了我的信心，虽然我了解这个记者只是在尽一己之责而已。对他来说，我不是一个平常的人，我是一则新闻报道的主角。在上市公司担任领导者的经验，教导我如何辨别其中的不同。那天的经验给我上了一课，公开发言带有极大的力量，特别是在人们最没有心理准备的情况下。

王尔德曾说过，每个圣人都有过去，而每个罪人都有未来。在我辞职后的几天，几个星期内，我开始理解这段话。我的好几个朋友联名在英国媒体刊登了一封支持我的公开信；英国石油公司坚持，只要我需要这份工作，办公室就还是我的。这个决定帮了我一个大忙，因为全世界各地涌来成千上万封信。绝大多数的信都是正面的，每封信都在不同程度上给我加油打气。它们来自我的朋友、前同事、商界人士、政治人物、艺术家、工程师。他们给我帮助，提供建议。他们让我想起我们一同共度的时光，或一起成就的事情。一名广播记者甚至写信警告我，他的办公室会邀请我做访谈。他加了一句自己的请求："请务必拒绝受访。"

我的辞职仿佛开启一条通道，让最缄默、最重视隐私的人开始表达他们的想法、同情与愤怒。连续好几天下来，我整天只忙着阅读和回复他们的信件。寄电子邮件来的，我写电子邮件回复；寄手写信件来的，我手写信件回复。我的助理不得不再多请一个助理，才能帮忙整理堆积如山的通信。有一次，办公室里有个职员不识时务地打趣说,这整个经历就好像在读你自己的讣闻一样。她说的也有道理。人们确实写出了这么多美好的东西。

这些邮件里,至少有三分之一来自陌生人,很多人分享了他们因为男同性恋者或女同性恋者的性别认同而发生的个人悲剧。有些人被报纸披露而被迫出柜,其他人则被起诉,被关押;还有人不得不离婚,远渡重洋或卖掉自家住宅。无论他们来自俄罗斯或西班牙、法国或美国,每个人都讲述了一段不平凡的苦难故事。

这些男男女女仿佛在八卦小报的"法庭"受审,他们被判"有罪"。但他们唯一"有罪"的理由是身为同性恋者,报纸抓准他们的弱点攻击,把他们推向恶劣的处境。有些人撑过了风头,继续大好事业,其他人则彻底崩溃了。

他们诚实的自白让我深受鼓舞。一方面,人们挂念着我,让我感到很安慰。另一方面,知道我不是全世界唯一被迫出柜的人,增强了我的信心,我感觉自己不再是异类。我的隐私虽然被公之于世,令我异痛苦常,但这并不是罕见个案。

再 起

在离开英国石油公司的时候,我戴上了一副勇敢的面具,但请辞这件事狠狠地伤透了我的心,这股心痛要好几个月才能平息。在一般情况下,我不会选择这么突然地离开一家公司,但这是个正确的选择。我无论如何都不想因为恋栈职位或只因为在办公室里多加逗留而伤害英国石油公司的名声。我只花了几天时间在我的旧办公室里打包，离开时没有一句道别。

我知道自己必须开创新的人生。第一步，我决定辞去好几个职位。我被迫出柜的事件，为我担任顾问的公司与团体带来不好的形象，所以我帮他们省下将我扫地出门的麻烦。我是高盛集团的董事会成员，我写信向他们辞职，他们毫无异议地接受了我的请辞。当时沃尔玛超市的CEO李·斯科特拨电话给我，他在电话那头语带伤感，但希望能收回先前请我加入董事会的非正式邀请。他说因为阿肯色州活跃的宗教右派势力，现在这个情况已经让他们站不住脚了。我去见了伦敦私人股权投资公司安佰深集团(APAX Partners)的总裁，告知我希望辞去主席一职。我向英国皇家工程院辞去院长的职务，他们拒不接受。

我原本暗暗担心，在离开英国石油公司以后，我的人生会就此终结；但这个担忧似乎有些多虑了。对我来说，5月1日前后发生的诸多事件伤我至深，但对外界来说，它们不过就是晚间新闻的标题而已。我就像众多丑闻的主角一样，不过两周，就被人们远远抛在脑后。摄影记者终于不再围堵我的家门，尾随我到餐厅。5月底，我到西班牙拜访几个好友，住在他们的农庄。我们四处散步，欣赏野花，在这几天的相处中，他们尽可能地提醒我他们最爱的格言："随狗怎么吠，车马照样走。"

在我这种年纪，结交的伙伴会是可以倾吐的对象。也许修道士可以通过祷告与独处解决问题，但我需要外界的帮助才能重新自我整理，我靠的是朋友和旁人。

我的一位朋友引用了据说是赫胥黎曾经说过的话："越是上流社会，裤腰下露得越多。"让我舒坦不少。他们耐心地开导我，让我了解、享受新生活。出柜以及被出柜，生活事件一件件发生，生活脉络一点点改变，但我还是同一个人，只是变得更有智慧。我经历了巨大的动荡，我撑了过来，并且学到很多，关于人们，关于我的朋友以及关于我自己。我已经摆脱了羞愧。

他们鼓励我做自己所擅长的事，这是贡献社会的方式。我在英国石油公司的日子已证明了自己的能力，该是再次着手工作的时候了。

我无意在另一家富时100(FTSE 100)企业担任总裁或CEO，回到上市公司，也意味着回到聚光灯下。我同时也很尴尬，猎头公司可能会把我视为"争议性人物"。被逼入窘境、欺骗、请辞英国石油公司的职位、出柜等等，同时发生这么多事情后，我已经变成烫手的山芋。私人企业会是未来的方向。我加入专注能源产业的私人股权投资公司瑞通集团，成为合伙人。我辞职引起的一系列戏剧化事件，似乎并不影响我的美国合伙人们，他们只想确定我是不是仍陷于任何相关官司中。我没有。

可惜总有人(特别是商界人士)再没对我释放出任何善意，也许他们觉得我的手上已经没有生意可做或权力可使。然而，在绝大多数的人眼里，我出柜并不是什么了不起的事。由于事件非常戏剧化，他们关心的是我的健康状况。有些人怀疑我是同性恋很久了，所以新闻并不构成什么冲击。对他们来说，我还是老样子，发生这些事件不过是在我身上新增一层面相罢了。

视力略有缺陷的人通常毫不自觉，直到他们接受视力检查,戴上一副新眼镜时,才会发现自己漏看了多少东西。我花了不少时间才开始感觉生活由暗转明,但随着时间过去,我才渐渐感觉自己仿佛从一副巨大的枷锁里解脱。我越来越不隐藏,越来越开放。当活得坦荡荡时,生活变得简单很多。我不时在想,我的母亲对这一切会作何感想。我很确定她应该会说,灾难不应该是结束,而是开始。我想她应该会比较喜欢放松做自己的我。

在我辞职后的一个月内,我收到了数千封信件,只有一封寄到我自家的地址,我很感兴趣。这封信的寄件人是个叫阿义(Nghi,音译)的23岁男子。他在西贡出生,母亲是越南人,父亲是中国人,在德国长大。他在新西兰旅行期间一直在关注我辞职下台的新闻,后来他加入一家投资银行开始新工作;正是我几个星期前辞去董事职位的那家投资银行。他原本不打算在新工作起步的同时开始一段新关系,但我这个他素未谋面的男人却奇妙地出现在新西兰最北端岛屿湾的当地新闻头条,让他十分好奇。我们在2007年6月1日(我从英国石油公司辞职后一个月)约了见面喝杯小酒。从那时起,我们开始交往至今。

在我们第一次会面的当晚,我抽了一根雪茄以帮助自己放松。那是我抽过的最后一根烟。27年来,我每天抽三到四根雪茄。突然间,我不再有继续吸烟的欲望。断然戒烟并不是件简单的事。之后没多久,我开始固定参加私人教练的健身课程。6个月后,我感觉自己仿佛活在一副全新的年轻身体里。出柜带给我许多令人意外的结果,大大改善的身体健康是其中之一。如果没有出柜就不可能发生。

回 顾

从英国石油公司辞职后的某一天,我整理自己的图书收藏,发现了一本卡瓦菲(Constantine P. Cavafy)的诗集。卡瓦菲可以说是20世纪最有影响力的希腊诗人,他在《断臂》《某一夜》等诸多诗作里处理自己的同性性取向。他的诗作既抒情又易读,带着痛苦与焦虑,暗示着同性恋男子在异性恋世界的心理疏离。当我20多岁在纽约,事业刚刚起步的时候,我经常读这些诗作。我特别记得一首十四行诗——《隐藏的事物》[7],卡瓦菲描写了一道屏障把自己和周围所有人分隔开来。我向来把这道屏障想象成一层层的玻璃罩,从四面八方包围着他。

多年后当我再翻开他的诗集,我在封面里页发现自己亲手写下那首诗的翻译,日期是1973年8月25日,那时我25岁。

> 我做过的所有事情,说过的所有话
> 都不可让人试图从中发现我是谁。
> 有个障碍,时时切换着
> 我生活里的一举一动。
> 有个障碍,时时等待着
> 我一开口就切断我的声音。
> 从我最无人察觉的举止
> 和我最隐晦的文字——
> 只有从这些细节才能了解我
> 但要发现我究竟是谁

> 也许并不值得这么多心思和这么多努力。
> 以后,在一个更完美的社会,
> 和我一样的人
> 必定会现身并活得更自由。

还有很多工作得去完成。从我第一次读这首诗至今已40年,但如今看来,与其说这首诗是一位年轻男子的愿望,还不如说是对未来的预示。

第二章 美丽与偏执

当古希腊罗马文物的藏品研究者拿出一件描绘两对男性爱侣的银器时,我只想找个地洞一头钻进去。

我在1995年至2005年,担任大英博物馆董事一职。和我一起担任董事的包括各界贤达,来自各行各业,我们之间的共同点是对艺术与古物的热情。许多董事会成员,都能对馆内的不同收藏品提出权威的评析,或说明这些文物在人类文明里的历史价值。几乎每个月,董事会都会选一个星期六的早晨,召集所有董事一同审查博物馆的经营策略、服务绩效及募款状况;我们同时也决定应该购入哪件文物成为博物馆的永久馆藏。为了帮助董事们做决定,每个藏品研究者(其他机构一般称为策展人)都会选几样自己最爱的文物,在董事会前的"市集"上展示。

1999年的一个早晨,策展者们的目光焦点特别放在一个称为沃伦杯的物件上,它是一个华丽的银质高脚小杯。据称这个杯子的制造时间大约在2000年前,它在耶路撒冷附近被挖掘出土。[1]此时期入侵当地的土匪或军队经常会重新熔炼银器,但这个代表罗马时代精巧手艺的典范却幸运存留下来。杯子的一侧,描绘了两对男性爱侣的性爱场景,图案背景里有把闲置的七弦琴,暗示曾有乐手帮忙助兴,制造罗曼蒂克的氛围;旁边还可看到有个奴隶正通过半掩的门偷看。

董事们争论着这个杯子的来源和真实性,还特别赞赏其浮雕手艺(在银器上由内向外敲出花纹)的精巧。藏品研究者表示,这个银杯可能是有钱人家私人聚会里的目光焦点,在罗马人眼中它可能是个精巧美丽的工艺品,而不是情趣用品。这银器确实是个诱人的杰作,同时又蕴含了非凡的历史。但是图案所呈现的同性恋意象,却让我无法亲口说出对这个物品的支持。我觉得,称赞这个物品,根本就等于直接出柜了。虽然这件小杯只有区区11厘米高,它却为我蒙上了长长的阴影。

董事会最终同意以180万英镑购买这个银杯,这次收藏计划成为当时大英博物馆史上金额最高的一笔交易。[2]不谈我自己内心的不安,这次收购显示了人们对同性恋的态度在过去数十年内已有了巨大的转变。20世纪50年代,同性恋在英国仍属违法行为,当时大英博物馆其实曾经婉拒购买沃伦杯的机会。同样的,剑桥大学费兹威廉博物馆也曾拒绝收藏。1953年,美国海关人员因为它露骨的图像,拒绝让沃伦杯入境。[3]

约莫50年后,英国人已经摆脱了过去的保守心态,至少表现在大英博物馆艺廊的思想开放上。沃伦杯被纳入馆藏后就一直对外展示,曾有一段时间,甚至可以在博物馆的纪念品店以250英镑买到它的复制品。

"这件收藏品不光是一件代表罗马时期金属工艺的佳作,"大英博物馆馆长尼尔·麦格雷戈写道,"它从聚会饮酒杯变成蒙羞文物,最后成为博物馆的经典收藏;这件物品提醒我们,社会对于性的看法绝非一成不变。"[4]

大英博物馆曾在 2008 年推出有关罗马皇帝哈德良及该时代的特展,这场展览再次证明了这个观点。大多数英国人知道这位罗马君主修筑了分隔英格兰和苏格兰的围墙,但只有少数人知道哈德良的性取向。他有个多年的同性爱人,名为安提诺乌斯(Antinous)。安提诺乌斯的死因相当离奇,他溺毙在尼罗河里。有人说,这是因为他成了哈德良的累赘。安提诺乌斯死后,人们树立雕塑景仰他,兴建庙宇纪念他,城市以他命名,如神一般的敬重他。大英博物馆的这个特展提醒我们,在罗马时代,同性之爱并未被视为不正常。

1976 年,我在纽约的 4 年任期即将结束,一位观察入微的法国女性朋友给我一本玛格丽特·尤瑟纳尔写于 1951 年的《哈德良回忆录》。书中虚构了一系列哈德良在死前写的信件,在信中,当哈德良提到他失踪多年的爱人时,充满了激情;这份激情来自"最坚实、最浓密的热情,犹如点点金砾,淬取自烈火而非灰烬"。[5]他声称,他在位期间的长期和平,来自他和年轻情夫之间的关系。这本书充满了美丽与温柔,但我阅读时心里带着一份罪恶感。我的朋友发现了我心底深处,我还没准备好分享的某样东西。

32 年后,在我 60 岁生日那天,另一位朋友送了我这本尤瑟纳尔著作的首版,那时我已经出柜 9 个月。我对这本书的态度,反映了我对自己逐渐转变的心态。如今我读这本书时,已不再有任何羞耻之感。我接受了这本书的原意,也见到了哈德良与安提诺乌斯两人爱情的原貌——一份礼物。

美 丽

王尔德曾将同性之爱描写为"不敢说出名字的爱"。时光回溯1000年,古代文明却崇拜那些与同性之神和人发生关系的神祇。从印度到罗马,这些神祇几乎不考虑爱人的性别。他们尽情享受同性之间的调情,他们的信徒也往往如此。在不同的时空与不同的文化之下,社会对两男或两女之间的性事予以包容,甚至赞颂。

希腊人相信,性欲望可以冲昏神祇,一如它冲昏人类。澳大利亚历史学家罗伯特·奥尔德里奇说:"在这方面,希腊神话发挥了镜子般的功能,希腊男子可从中反映他们的性欲望,从神话中辨识出自己。"[6]

这面镜子让他们见到性关系的众多样貌。太阳神阿波罗与许多女神生儿育女,但他的男性爱人也可以列成一张长长的清单,其中包括擅长运动的斯巴达王子海辛瑟斯。有一天,阿波罗正在掷铁饼,西风之神仄费罗斯因为嫉妒他和海辛瑟斯的爱情,将铁饼吹离方向,杀死了海辛瑟斯。他的鲜血流下之处诞生了风信子,这种美丽的花朵便以海辛瑟斯命名。[7]罗马传记作家普鲁塔克写道,海克力斯既是最强壮的凡人,也是男子气概的代表,他的男性爱人数量众多,多到无法列出所有人的名字。[8]海洋之神波塞冬则强暴过男神坦塔勒斯。[9]

连众神之王宙斯都无法抵抗特洛伊最俊美男子该尼墨得斯的美貌。在一则故事中,宙斯化身为一只老鹰,绑架了该尼墨得斯,强迫这名年轻人当他的斟酒者。该尼墨得斯晚上与宙斯同床共寝,白天再用美酒迷醉他。古希腊悲剧作家索福克勒斯写道,这名凡人已娴熟于"用双腿点燃宙斯神力"的艺术了。[10]

责 怪

关于爱情与献身的故事终究走向排挤与残酷。人们解读《圣经·利未记》(Leviticus)[11]的方式,给同性恋们带来前所未有的压抑与迫害,一切都以对神虔诚奉献为名。人们认为,如果对同性性行为抱着宽容态度,会带来灾难性的后果;索多玛遭到毁灭,是因为同性性行为的泛滥。然而,这只是开端,后来的政治领导者和宗教人物,将其他灾难事件归因给同性恋行为。公元538年,罗马的基督徒皇帝查士丁尼一世公布了一条法令,要求处决那些参与同性性行为的人,因为他们的性活动导致了"饥荒、地震和瘟疫"。[12]当黑死病消灭了欧洲至少三分之一的人口时,犹太人在各处都被视为散播疾病的罪魁祸首,除非是没有犹太人居住的邻里。在这些地方,同性恋者和娼妓吸纳了大众的怒火。[13]

在欧洲各地,黑死病促成了一股恐同的风潮;[14]这股风潮在艾滋病爆发时又死灰复燃。对黑死病的恐同反应在意大利城市特别明显,本地人嘲弄非意大利人,说他们是全世界同性恋人口最高的人群。[15]威尼斯和佛罗伦萨设立了政府部门,专职清除进行同性恋行为者,因为担心他们吸收年轻男子加入其行列。[16]政府鼓励民众通报同性恋者,落入政府官员手里的同性恋者,会被刑囚折磨,直到招供。"定罪的鸡奸者会被铐上颈铐游街示众,被正直的市民辱骂、殴打,"历史学家伯恩·方恩(Byrne Fone)写道,"如果在这痛苦的经历后他还活着,他最终会被绑在火刑柱上烧死。"[17]在其他时候,对待嫌疑犯的第一步是予以公开阉割。

在当时,欧洲各地纷纷把同性恋行为视为犯罪,往往判处死刑。时至17世纪,法国、西班牙、英国、普鲁士、丹麦都订立了惩罚同性恋关系的法律。在荷兰,光是在1730年这一年,就有75人据称是同性恋者而被处决;在接下来的80年中,更有近1000起案件送进法院。[18]

但从17世纪末期起,男同性恋者的自由开始扩张;特别是在法国,强调隐私权与世俗化的思维推动着启蒙运动的思想家,他们并不以宗教词汇来描述男男性行为。[19]他们认为,男男性行为不算是犯罪,因为只要当事人双方同意,同性恋并没有侵害任何人的权利。法国制宪议会同意了,1791年起,同性恋不再是犯罪。[20] 19世纪,一个明显的同性恋次文化开始成形。都市化让同性恋在巴黎、阿姆斯特丹、伦敦等城市聚集,[21]男子们在公园、广场、公共厕所、火车站、购物广场探索各自的性欲望。[22]

1855年在伦敦出版的《乡巴佬指南》(*The Yokel's Preceptor*),以下列文字警告游客:"在大都会区,这些披着男子外衣的野兽(近年来人们常称他们为浪荡子、搞玻璃等)越来越多,为了大众安全着想,必须要让大家认识他们……这些野兽走在大街上,就像妓女一般,等着勾搭的机会!"[23]

1861年,英格兰和威尔士废除了鸡奸者的死刑罪,但鸡奸仍可判处10年徒刑甚至终身监禁。随着大英帝国的扩张,领导者认为有必要"教化"英国殖民地,更正"土著"的风俗,其中也包括同性恋行为。[24] 1860 年,印度行政官针对同性性行为,或具体来说,针对"违反自然规则的肉体性交"草拟了一则刑法典。他们后来在斐济、赞比亚等地建立了相同法律的各种版本。[25] 英国在 1967 年将男男性行为除罪化,但绝大多数的前英国殖民地与保护国并未追随它的脚步。到目前为止,仍有不少国家和地区保有反同性恋法律。[26]

偏 执

我的母亲经常告诉我,她可以把她的一生分成三个截然不同的时期:第二次世界大战前;她与我的父亲在战后相遇,在一起的时间;还有在我的父亲过世后,与我在一起的时间。其中有一段间隙,她抹除了她在奥斯威辛集中营的几年。她强韧的心灵与钢铁般的意志,帮助她撑过了人间炼狱。当她重获自由,她也以同样的意志力将记忆埋葬在过去。

有两段记忆帮助我了解,为什么她用这种态度对待自己的过去。在她过世前,我们参观了华盛顿特区的纳粹大屠杀纪念馆。每年有超过 100 万人参观这座博物馆,[27] 但当我们走过复制重建的煤气室,阅读集中营亡者们的故事时,我们之间飘散着一种诡异的静谧。展场陈列的展品,包括当时人们被送上前往集中营的火车前打包的各种日用品,例如烧菜锅与行李箱。在一个展示各种鞋子的展区,我的母亲想停下来细看。她告诉我,她姐姐的 5 岁女儿(我的表姐)也被送进了煤气室。你或许以为我会安慰我的母亲。然而,当我们离开博物馆时,她得反过来安慰我。

20世纪80年代,我们到奥斯威辛旅行;我在2013年6月又造访了一次。两次旅行都让我想起大屠杀的规模之大、组织之严密。毋庸置疑,犹太人是纳粹的头号目标。但展示箱呈现了纳粹残酷而有效率的分类制度,少数族群遭到长期的迫害。黄色星星代表犹太囚犯,黑色三角代表罗马后裔,紫色三角是给耶和华见证人教徒,粉红色三角则专属于同性恋者。

在德意志第三帝国期间,政府当局逮捕了大约10万名同性恋嫌疑者,其中一半遭到监禁。[28]从1934年到1941年,当局阉割了超过2000名性犯罪者,包括强奸犯、恋童者,还有大量的同性恋者。[29]医师在进行阉割手术时毫不犹豫。历史学家杰弗里·贾尔斯(Geoffrey Giles)写道,柏林一间监狱的医院在1934年的前9个月内,就完成了111件阉割手术。"监狱医师很自豪地报告,他的手艺已炉火纯青,只要用一次局部麻醉,不到8分钟就可以完成全套手术。他宣告'毫无疑问,这是保护社群最便宜的方法'。"[30]另外,纳粹把多达1.5万名男同性恋送进集中营。[31]集中营警卫经常给同性恋囚犯比较繁重的工作,这或许可以解释为什么同性恋囚犯的死亡率较高,从集中营被放出来后的存活率也较低。[32]他们所受的待遇非常严苛,因此据估计只有不到40%的同性恋者存活。[33]女同性恋者的遭遇则和过去的历史相同,人们并不认为她们对社会或政治构成威胁。

战后,犹太社群致力于让全世界都记得战时发生的惨剧。纳粹大屠杀对犹太族群造成的伤痕,远比社会其他族群来得深,我的家族里有很多人都被杀了,但男同性恋者无法要求人们纪念他们。歧视同性恋的法律直到1969年才废除,有些经历集中营,侥幸存活的男子在战后又再次被逮捕。[34]同性恋者与其他幸存者不同，他们在战后没有得到任何赔偿；[35]在德国，给同性恋受害者的赔偿要到2001年才开始发放。[36]这时，大多数的受害者都已经过世了。在集中营丧生或存活的男同性恋者们不是被遗忘的受害者，他们是被忽视了。

希特勒政权并不是20世纪唯一试图消灭同性恋的一群人。丹麦、西德、挪威、瑞典、美国的医师，对同性恋患者进行了成千上万次额叶切除手术。[37]最近公开的军方档案显示，在第二次世界大战期间与战后，美国政府认定有心理疾病的退伍军人（包括精神分裂症、精神病、同性恋），强迫他们接受额叶切除手术。[38]电击治疗也成为"治疗"同性恋者的流行疗法。1935年，在美国心理学会一场会议中，有一位纽约大学的教授告诉与会医师们，电击的强度必须要"比平时人类受试者接受的强度明显更高"，电击疗法才会奏效。[39]1952年，美国精神医学会发表了一份手册，首次将同性性取向列为一种"反社会人格异常"。[40]

学界将同性性取向定义为精神疾病，进一步加强了外界对男女同性恋的刻板印象，也间接让反同性恋的偏见有了正当理由。1950年美国国会发表一份报告，标题为《政府雇用同性恋者与其他性变态职员问题》。这份报告详述为什么美国政府不应该聘雇同性恋员工。"一般相信，那些明目张胆进行性变态行为的人，缺乏正常人的情绪稳定性，"报告说，"除此之外，有大量证据证明，沉迷于性变态活动会削弱道德感，造成当事人不适合担负责任重大的职位。"[41]这份报告为所谓的"薰衣草恐慌"（Lavender Scare）开了第一枪。政府当局相信，间谍会以曝光作为威胁而从同性恋员工那边获得机密信息。1953 年,艾森豪威尔总统的第 10450 号行政命令明载,"性变态"是解雇联邦政府员工的合理理由。[42]

被解雇的员工也难以在酒吧获得安慰。警察经常突袭扫荡同性恋者聚会场所,并且以公然猥亵为罪名逮捕顾客。在 20 世纪 50 年代的加利福尼亚州,曾有一段短暂的时间允许酒精饮料管制局吊销任何"提供性变态流连去处"的场所的执照。[43]美国流通量最大的新闻杂志《时代》(*Times*)在 1966 年曾刊登一篇文章,表达了当时大众对男同性恋者的看法。文章标题是《美国的同性恋》,整篇文章将男同性恋者视为"偏差行为者",并写道"绝大多数民众对此种人有深深的厌恶"。文章结论认为,同性恋"不值得任何推广、美化、合理化,不应该给他们少数族裔受难者的虚假地位,也不应该在明明白白的品位差异上做文章——并且最重要的是,不应该用任何借口来掩盖同性恋是个丑恶的疾病之事实"。[44]在《时代》杂志刊登这篇文章之际,美国 50 个州里只有伊利诺伊州推翻了反同性恋法。

20 世纪 50 年代和 20 世纪 60 年代的英国也没有更好。1954 年,计算机之父艾伦·图灵在接受同性恋化学治疗后自杀。1955 年,著名的律师黑尔什姆勋爵(Lord Hailsham)严词批评同性恋,说它造成的道德与社会问题,和药物成瘾差不多。他说,同性恋是一种倾向,年轻人处于容易被影响的期间,受年长同性恋引诱才被诱发的。他接下来继续解释同性恋使用身体器官的方式不符合自然,他们进行的活动不符合身体器官的设计功能。[45]黑尔什姆后来成为英国最高阶的法官。

1957年,学者约翰·沃芬敦爵士(John Wolfenden,他后来成为大英博物馆馆长)发表了他对同性恋案件与卖淫的研究结果。他的研究指出,两名彼此同意的成年男子之间,其同性性行为不应视为犯罪;他也建议加强对卖淫的惩罚。[46]后面这个建议在两年内立法生效,但同性恋的部分则又花了8年的时间才得以正式立法。

20世纪60年代早期,在正襟危坐的社会风气、大众缺乏了解、自我感觉良好的法院与媒体推波助澜下,恐同的风气十分兴盛。许多人利用影射同性恋活动而抹黑他人,同性恋往往成为丑闻的基础或"添油加醋"的材料;在恐惧共产主义者威胁的时代,有时还添加一层间谍疑云。那些深陷丑闻的人名正逐渐淡去:瓦梭(Vassal)、加尔布雷思(Galbraith)、蒙塔古勋爵(Lord Montagu)、皮特-里弗斯(Pitt-Rivers)等。沃芬敦报告的建议,在1967年才终于正式立法,也是我在剑桥伊利国王学院的第二年。改变法律很重要,但社会的态度花了很多时间才赶上来。著名小说家福斯特(E. M. Forster)总结了这段时期社会的态度。福斯特是同性恋罗曼史《墨利斯的情人》(*Maurice*)的作者,于1913年到1960年间写作、修改了这本小说。他在小说初稿上贴了一张便条,上面写着:"书写完可以出版了,但值得吗?"[47]这本书直到1971年他死后才问世。

在这样的背景下,同性恋生活毫不意外地朝地下发展。相互不知姓名的陌生人发生性关系成为一种必要的妥协。男子们渴望拥有彼此的亲密关系,但揭露身份只会导致严重的后果。1986年在纽约安桑尼雅饭店地下室营业的欧陆澡堂是个同性恋浴室,

20世纪70年代早期年轻俊美的男子聚集在这类场所,他们围着毛巾四处走动,啜饮着鸡尾酒,最后的结局往往是与陌生人发生性关系。对不曾出入这些场所的人来说,这也许很廉价肮脏。对于在饮水机旁与舞池边流连的人来说,这给了他们一股反抗与自由的感觉。桑拿、酒吧、舞厅是他们可以忘却外界压抑的地方,这也是男同性恋者唯一可以彼此社交互动的地方。就在所有勾搭流连的男子之间,当时默默无闻的贝蒂·米勒(Bette Midler)在巴瑞·曼尼洛(Barry Manilow)的钢琴伴奏下,在池边演唱,赢得满堂喝彩。我的一位朋友,作家布莱恩·马斯特斯(Brian Masters)回忆当年情景,用了如下动人的语句:"多年来被囚禁在光天化日之下,多么狂野、奢侈的自由啊!"[48]

20世纪60年代末期,纽约市警方对同性恋酒吧的突袭检查,似乎沿着某套剧本进行。电灯熄灭。警方要客人排成一列。他们会逮捕没有身份证件的客人,以及着女装的男子。警方的突袭检查通常都比较平和,但1969年6月28日,意外发生了。也许是因为多年来的不友善态度,格林尼治村石墙旅店(Stonewall Inn)的顾客没有配合警方,反而起身抗拒。男顾客拒绝出示证件,扮装皇后拒绝跟女警进厕所验明正身。被警方释放的人不但没有急忙赶回家,反而聚集在门外,外头的旁观者越来越多。

记者大卫·卡特(David Carter)回忆,当时警方的大动作镇压让群众反抗得更厉害。"在酒吧外发生的第一个攻击动作,是一位警察推开一个变装者,她转过身来用她的皮包砸警察的头,"他写道,"警察用警棍打她,一阵愤怒传遍了所有群众,群众立刻对警方报以不满的嘘声,接着有人嚷着要把巡逻车掀翻。"[49]

群众人数比警方至少多了 500 人。人们朝警车投掷瓶罐、砖头、垃圾桶。他们把警察困在车上至少 45 分钟,直到后援来到。行动者在房子外墙涂鸦"同性恋有援力""他们侵犯了我们的权利"等字样。这场暴动上了各地的新闻头条。隔周的《村声》(Village Voice)刊登了一篇充满恐同字眼的报道,描写暴动者"手软无力"以及"怪胎的力量",[50]引燃怒火,有 1000 名示威者聚集在报社办公室门口。接着发生的街头抢劫和对抗,同性恋社群对压迫者发出明确的声音。纽约地下报纸《东村另类报》(East Village Other)用以下文字总结逐渐升高的怒火:"你几时见过同性恋者反击了?……现在时代正在变革……主题曲是'这种狗屎事该停止了!'"[51]

在后来的几年,无论是在美国或英国,男女同性恋者在社会的能见度渐渐提高,出现越来越多的 LGBT 刊物。

那时我还是个躲在柜里的年轻人,我从未踏进同性恋书店一步,也不曾搜寻同性恋刊物,但我最近才知道,连我都和一份革命性杂志有一段不解之缘。

2013 年夏天,我飞到旧金山参加商务会议。会议期间,我从 20 世纪 70 年代初期就认识的朋友,英国石油公司前执行主管迈克尔·萨维奇(Michael Savage)与他的妻子、瑜伽教师兼诗人吉妮,邀请我到旧金山歌剧院看表演。我请吉妮读本书的第一版草稿,她欣然同意了。在我们后续的对话中,我发现她曾担任英国 20 世纪 70 年代报道同性恋生活的杂志《午餐》(Lunch)的编辑,并使用笔名鲁安·博恩(Ruan Bone)以保护自己的身份。我认识她超过 35 年,但从不曾发现她与这个早期次文化之间的紧密联结。当你活在柜中，你就不会问那些可能让自己或他人身份曝光的问题。

1972年，她在编辑专栏写了一篇重要的文章："对我们来说，过去40年英国的同性恋生活经验似乎发生了极大的改变……但仍有很长的路要走……同性恋生活经验的本质究竟是什么，还有一大部分是未知数。我们对自己所知甚少，所以当外界人士看待我们，有时仍沿用粗浅或陈旧的观念，这也一点都不意外。"[52]这段文字也可套用于2012年，整整40年后的现今。

这份杂志经常用幽默的人物讽刺大众对同性恋的刻板印象。在一篇标题为《谁在搞玻璃》的文章里，作者解释"同性恋喜欢触摸你，勾你的手臂，手搭在你的肩膀。而且，全世界都知道，同性恋不会吹口哨！"[53]这篇文章说，女同性恋者都抽烟斗。但更重要的是，《午餐》访问了许多同性恋模范人物，包括我心目中的英雄——大卫·霍克尼（David Hockney）。当记者问他对同性恋生活的感想如何，他的回答捕捉了石墙运动后种种变动的中心精神："我不敢说我有多了解英国的同性恋生活。不过，我认为每个人有时候应该站出来，被看见，尽自己的一点责任。"[54]

一些同运团体，将战斗性放在其活动的核心；[55]较不激进的同运者则着手游说立法者、专业团体和媒体。[56]1973年，美国精神病学会修改了官方立场，不再把同性恋归类为一种精神疾病。[57]后来美国文官委员会（US Civil Service Commission）解除了禁止同性恋担任联邦政府职员的规定。[58]1977年，哈维·米尔克（Harvey Milk）当选旧金山监督委员会（San Francisco Board of Supervisors）委员，成为加利福尼亚州第一位公开出柜的民选官员。

同性恋场所的突袭检查次数逐渐减少,同时消费者对于新的同性恋聚会场所之需求越来越高。

但是艾滋病危机迅速袭来。

电　视

这段"黄金时期"创造了一个廉价、不负责任的形象,此形象定义了同性恋社群的名声。再加上艾滋病造成的恐惧,同性恋被大众媒体描绘成令人厌恶,不可碰触的一群人。多亏电视与电影的影响,这个形象开始有了改变。

从几十年前,英国的电视节目就开始影响人们的态度。1986年,当大众对艾滋病危机的恐惧持续升高之际,英国广播公司在黄金时间的肥皂剧《东区人》中,加进了两个同性恋角色。那一年,其中一个角色(一位中产阶级平面设计师)搬到伦敦东区,与一个年轻的手推货车小贩开始一段关系。几个星期过去,节目制作人十分正面地处理这两个角色,并显露出这对伴侣遭遇到邻居偏执不友善的态度。在一幕中,当年轻男同性恋者向街坊八卦王多特·科顿(Dot Cotton)谈到他的同性恋爱情史时,她忽然发怒地说道:"我没办法打扫你的房间了,因为那等于是要我赦免这个污点,不是吗?更别说你们两人可能早就得艾滋病了。"她说,上帝已经"受够了",而且"从天上送来这个恐怖的瘟疫"来给男同性恋一个教训。[59]

多特代表了社会根深蒂固的习惯,执着于同性恋间的性爱,而且不免将他们的生活方式与艾滋病联结在一起。《东区人》的编剧希望超越这种心态。他们将这些同性恋角色放在正常的灯光下,将他们的活动区域从卧室、医院移到餐厅、杂货店与家庭。他们这么做,面对的是排山倒海的愤怒。1987年,他们第一次呈现了两名男同性恋者亲吻的画面。英国国会议员甚至对此提出质询,质疑在艾滋病流行猖獗之际,是否应该把男同性恋描绘得如此正面。一份小报刊登了一篇文章,标题是《肮脏!不要在我的屏幕放这种东西》。[60] 另一份小报则在头条写着《东区同性恋!》[61] 同一份小报,稍后将两名同性恋角色的真情时刻描写为"两个雅痞玻璃之间的同性恋爱情场景"。[62] 有人朝其中一位演员迈克尔·卡什曼(Michael Cashman)住宅的窗户投掷了两块砖头。他在现实生活里的伴侣被人揭露同性恋身份。"我们坚守下去,"卡什曼说,"我们一切照旧,而到最后,政治环境甚至是小报们都跟了上来。"[63] 这批新一代的电视角色,代表了同性恋生活并不全然是跳舞、药物和疾病。

20世纪90年代末期以前,美国电视节目里的同性恋角色几乎都是次要角色。直到艾伦·德杰尼勒斯(Ellen DeGeneres)成为第一位担纲黄金时间主角的女同性恋者。艾伦当时是情景喜剧的喜剧女演员与明星,于1997年4月在现实生活中出柜,出现于《时代》杂志的封面头条——《没错,我是同性恋》。几周后,4200万名观众打开电视,目睹她饰演的电视角色向奥普拉·温弗瑞(Oprah Winfrey)饰演的治疗师出柜。[64]

艾伦相信,在现实生活和在电视节目中出柜,可以帮助社会了解同性恋社群的全貌。"我出柜是出于自私,为了自己,因为我认为,这对节目是一件好事,这个节目急迫地需要一套自己的观点，"她在出柜的访谈中这样说，"如果其他人出柜，也是好事。我的意思是，如果出柜没有别的理由，就只是为了显示多样性，这也是好事，这样同性恋就不会只是些极端特例了。但可惜这些人往往会吸引更多新闻目光。是的，当你看着同性恋游行，你看着女同性恋者骑重型摩托车或男人穿着女人的衣服。我不想评断他们。我不想表现得好像我在攻击他们——我的重点在于接受每个人的差异。我只是不希望他们代表整个同性恋社群，我也相信他们不希望我代表他们。我们都是独立的个体。"[65]

收视率显示观众希望看到这些差异。在这一集节目之后不久，《经济学人》(*Economist*)刊登了一篇文章写道："如果同性恋可以选择，现在会是选择当同性恋者的好时机。"[66]美国国家广播公司(NBC)开播了以两位同性恋为主角的一部情境喜剧《威尔与格蕾丝》(*Will & Grace*)。从2001年到2005年，这部电视剧竟高居美国收视率第二位。[67]

2012年，在美国5家电视频道的黄金时间电视连续剧中，LGBT角色的比例达到史无前例的高点。2007年，所有角色中只有1.1%是女同性恋、男同性恋、双性恋或跨性别，但到了2012年，这个数字增加到4.4%。[68]同性恋反诽谤联盟会长赫恩登·格拉迪克(Herndon Graddick)[69]表示，这个现象"反映了我们社会看待男女同性恋的态度，整个文化发生了改变。越来越多的美国人能接受他们的LGBT家人、朋友、同事与同侪，当观众打开他们最爱的节目时，他们期待能在电视上见到和日常生活一样，形形色色的角色。"[70]

在音乐界也是一样，早期出现的标志性人物如村民乐团、艾尔顿·约翰(Elton John)、弗雷迪·默丘里(Freddie Mercury),反映了现代生活越来越能宽容多样性。纽约首屈一指的职场议题智库人才创新中心最近发布:"男女同性恋的正面形象遍及各处,已经改变了大众意见;因此美国史上第一次出现,有超过一半的美国人赞成LGBT平等权。"[71]

在电影《魔戒》里饰演甘道夫的英国演员伊恩·麦克莱恩(Ian McKellen)见到电影世界里发生的改变。"当我成为甘道夫的时候,我以为自己是全剧组唯一的同性恋者,"他在一次访谈中这么说,"现在有两个同性恋矮人,有一个同性恋精灵,还有六个公开出柜的演员……还有,谁说甘道夫不是同性恋者了?"[72]

鸿　沟

许多国家仍把同性性行为视为犯罪,对于在这些地方居住的数百万同性恋者来说,恐惧与被告发仍是每天要面对的现实。有77个国家仍明令禁止两名成年人在双方同意下发生的同性性行为,男女同性恋者面临被逮捕与监禁的风险;在这些国家中,有5个国家的同性恋者面对的是死刑。[73]除了限制同性恋的人身自由之外,这些法律同时还酝酿了一个充满不宽容与恐惧的环境。

2009年起,乌干达的政治人物试图加强惩罚同性恋的法律。当地人称之为"猎杀同性恋"法,这条法律明令要求"恶性加重"的同性性行为(也就是累犯)应判处死刑。法律也要求医师、朋友、亲戚、邻居应在案件发生后24小时内揭发"犯罪者",否则将面临3年徒刑。"在乌干达,再也不需要辩论同性恋是对或错,"

这条法案的起草者大卫·巴哈提（David Bahati）在一部 2012 年的纪录片中说道,"它就是错的。"[74]

有时乌干达的报纸会刊登男女同性恋者的姓名、地址、照片。[75] 2010 年 10 月,现已关闭的乌干达报纸《滚石》刊出一篇文章,标题为《踢爆乌干达头号同性恋照片一百张》。一个亮黄色的大字标题写着《吊死他们》。2001 年,乌干达一家电台将前银行家约翰·博斯科（John Bosco）的同性恋身份曝光后,他向英国申请庇护。英国内政大臣雅基·史密斯（Jacqui Smith）宣称,男女同性恋者应"低调行事",以避免在会惩罚同性恋者的国家遭受伤害。[76] 这段话几个月后,在 2008 年 9 月,英国政府将博斯科遣送回国。当博斯科的班机降落在坎帕拉（Kampala）时,报纸早已将他的照片刊登在头版。他遭到逮捕,关进水泥牢房中,并与几个囚犯关在一起。"被警察殴打,然后被其他犯人殴打。"他说。[77] 博斯科贿赂了狱警,逃出去躲了 6 个月；与此同时,英国的一支法律团队努力试图为他的遣返案上诉。他在 2009 年 3 月回到了英国,现在他住在南安普敦,工作是心理健康支持工作者及兼职簿记员。许多乌干达人相信同性恋是"反非洲"的,他们认为男同性恋者发生同性性行为只是为了钱,多达 96% 的乌干达人认为"社会不应该接纳同性恋"。[78] 猎杀同性恋法的拥护者利用这些观念来巩固他们的权力。他们把男女同性恋当作替罪羊,让人们分心而忽略真正影响他们的问题,例如经济与医疗。借着激起人们对同性恋的焦虑,让政府在其他方面获得喘息的机会。

类似的事也许正在俄罗斯发生,俄罗斯似乎正在推动一股反同性恋风潮。事件的起点是 2013 年 6 月通过的同性恋宣传法。[79]这条法律规定,任何人只要对未成年者提供不当的信息导致他们"错误地认为"同性和异性关系"有相等的社会地位",可被判处罚金或徒刑。[80]这条法律的文字很模糊,因此可以用这条法律来对付那些主张宽容同性恋的教师与家长。[81]"支持同性恋"的外国人与被怀疑是同性恋的人,也可能遭到逮捕与监禁两个星期。[82]在此之后又通过了另一条法律,任何同性婚姻合法国家的同性恋伴侣以及单亲家长,将再也无法领养俄罗斯出生的孩童。[83]

俄罗斯官方的说辞,有时让人想起意大利官僚面对黑死病时的说法。俄方表示,他们的法律的基础,是因为俄罗斯的出生率在逐年下降,而且俄罗斯家庭正逐渐式微。[84]

同性恋宣传法的支持者就没那么拐弯抹角了。俄罗斯国营电视台副主任德米特里·基谢列夫(Dmitri Kisilev)曾说过,普京应该做得更多。"应该禁止同性恋者献血和捐精,"他在俄罗斯收视率最高的新闻节目上说道,"而且呢,如果发生车祸,他们的心脏应该埋到土里或烧掉,因为不适合拿来延续生命。"[85]

我和普京在2000年至2007年有几次会面,我们之间的关系很近,但从未偏离到个人议题。我与他讨论经济、石油、商业伙伴关系中的权力平衡,就如同我和其他国家领袖讨论的话题一样。我不清楚他对性取向的态度如何,但我知道普京是个实用主义者。对我来说,与其说俄罗斯的反同性恋法是真心的对同性恋感到厌恶,不如说是一种政治姿态。其他学者也指出,俄罗斯2011年底曾发生大规模示威,示威过后俄罗斯政府通过了在更大层面限制人民权益的法律;俄罗斯同性恋法很可能只是试图分散注意力，让人们忽视更重要的新法而已。[86]俄罗斯的事件仿佛是过去同性恋迫害行动的回响，同性恋少数群体再次被有心人士利用，作为追求权力的棋子。

无论动机为何，人权团体相信俄罗斯反同性恋法会导致反同性恋暴力增加。2013年7月，争取东欧同性恋权益的倡议团体光谱人权联盟揭露了一个新纳粹团体，其成员通过同性恋个人广告引诱同性恋青少年到出租公寓里。接着他们霸凌、折磨青少年，然后将痛苦的过程上传到网络上。"在俄罗斯的小城市或乡村，被揭露同性恋身份往往意味着死亡，"光谱人权联盟成员拉里·波尔塔夫采夫（Larry Poltavtsev）说，"被揭露身份的青少年可能会自杀或被骚扰，父母可能会把他们踢出家门。对他们来说是噩梦一场。"[87]

人权的进展仍旧参差不齐，但我们仍有理由相信，改变发生的速度会比过去几个世纪来得快。在人际联系密切的时代，光天化日之下的滥权行为不会无人问津，而且激起的反应会引来更多注意。2013年8月，在莫斯科举办的世界田径锦标赛期间，外国运动员发声反对俄罗斯的反同性恋法。瑞典跳高选手艾玛·格林·特加罗（Emma Green Tregaro）将指甲涂成彩虹的颜色，以支持同性恋权益。美国选手尼克·西蒙斯（Nick Symmonds）将他的八百米跑步银牌献给男女同性恋朋友们。两人都上了国际新闻头条。2014年在俄罗斯索契（Sochi）举办的冬奥会，美国派出一支包括男女同性恋运动员的代表团，美国总统则拒绝参加任何官方活动。[88]

在运动场外，从美国总统奥巴马到英国首相卡梅伦，越来越多的世界领袖将同性恋权益与人权相联结。2013 年 4 月,联合国秘书长潘基文启动了一场全球性的运动,希望能推翻世界各地的反同性恋法律。他在奥斯陆人权会议的一段视频中说,文化、传统与宗教,永远不可能作为剥夺某些基本权益的正当理由。"人类大家庭中的女同性恋、男同性恋、双性恋与跨性别成员,我对你们的承诺是这样的:我和你们站在一起。我保证,身为联合国秘书长,我会谴责那些针对你们的攻击,我也会继续要求国家领袖做出改进。"[89]

像俄罗斯这样的法律会让我们裹足不前。然而,我们不能忘了,每个社会发展的速度不同。在这几十年来,其他国家的政治人物推动了类似的法律,但都在几年后被推翻,下场通常是深深的难堪与丢脸。俄罗斯的新法律有个英国的前车之鉴。1988 年,撒切尔夫人领导的保守政府通过了一条《地方政府法》(Local Government Act),其中第 28 条规定,地方当局"不可故意推广同性恋或发布推广具有同性恋意图的内容",同时将同性恋关系定义为"伪家庭关系"。因为这条恶法,让更多同性恋权益倡议者和未来的政治人物勇敢挺身而出。今天,英国是全世界对男女同性恋最包容的社会之一。

其他国家的政府,可善意提醒莫斯科当局以及其他压迫男女同性恋者的国家领导人,但改变终究必须来自内部。位于伦敦的人权尊严基金会(Human Dignity Trust)CEO 乔纳森·库珀(Jonathan Cooper)说,在 LGBT 法律上,一个国家通常无法做其他国家的榜样。例如巴哈马在 1991 年就将同性恋除罪化了,但其他 9 个加勒比海国家仍保留反鸡奸法。"永远都会有人把同性恋除罪化视为另一种形式的新殖民主义,"他说,"这当然是很荒谬的。"[90]英联邦国家殖民地时代的遗迹就是惩罚同性恋的法律。

恐同心态形塑了大半的同性恋历史,现在正逐渐消失,但本章的一则则故事可作为今天我们思考的背景。从古希腊到第三帝国,从坎帕拉的压抑到纽约的自由,社会开明者的漫长历史与破坏性的恐同者交织,强化了我们今天的每一个对话与决定。我们并不是从一张白纸开始的。

第三章　深深埋藏

英国八卦小报《每日邮报》在 2007 年 5 月，以耸动的篇幅报道我的同性性取向公之于世的轰动过程。这家报社的编辑将我的辞职事件放在头条焦点，并且在接下来一个月，写了超过 20 篇文章描述这场闹剧。我承认，英国最大企业的领导者改朝换代这种事情，确实值得报道，也值得大众关注。我也知道他们得将我某些私生活的细节夸张化，才能增加销量。某些报道似乎在庆祝我下台，更多篇幅看起来暗藏着恐同心理。不可思议的是，6 年后，《每日邮报》的人竟然打电话给我的助理，问我有没有兴趣写一篇讨论同性婚姻的文章。我礼貌地拒绝了。

即便我和这家八卦小报过去曾有不愉快的经历，我还是很感激他们提供这个机会。近几年内，这家报社发生了明显的转变，从原本派摄影师守在我的门口等着拍花边新闻，到给我一个写作平台替同性恋人权发声，这显示了整个社会对于男女同性恋态度的变化。由社会大众对同性婚姻的态度更可见一斑。1983 年的抽样调查结果显示，半数英国人认为同性恋关系"永远是错的"。到了 2012 年，持同样态度者减少到只剩 22%。[1] 态度的改变甚至遍及宗教团体。1983 年，将近 70% 的英国国教（Church of England）教徒强烈反对同性关系。时至 2010 年，反对比例减少了将近一半。[2]同时期内,无宗教信仰者反对同性关系的比例,从58%降至21%。

英国在 2005 年将同性民事结合(civil union)合法化。2013 年,同性婚姻合法化的草案也在英国国会两议院轻松通过。在上议院,草案支持者与反对者间的差距甚至超出 2∶1。[3]为这结果感到欢欣的不仅是同性恋权益运动者。英国首相卡梅伦也乐观其成,即使他所领导的保守党过去曾因通过反同性恋法案而被讥为"下流政党"。"我觉得,我们可以这样看待同性婚姻法案的通过——在学校里有一群年轻男孩们,他们是同性恋,他们担心被霸凌,担心社会其他人的异样眼光。今天,他们见到这片土地上的最高立法机构宣告,他们之间的同性爱情和别人没有不同,更宣告人皆平等,"卡梅伦说,"我想,今天他们会活得更有自信。我可以很自豪地说,这天已经到来。"[4]

这股改变的风潮也席卷了美国。根据 2007 年的皮尤全球态度调查(Pew Global Attitudes Survey)的结果,49%的美国人同意"同性恋是一种应该被社会接受的生活方式"。时至 2013 年,同意以上这段话的美国人已达 60%。[5]在 2013 年的头 3 个月,美国进行了 7 次有关同性婚姻的民调,都得到相同的结果:同性婚姻支持者的比例已超过反对者。[6]

意见普查并非唯一显示同性恋人权进步的指标。美国总统奥巴马在 2011 年废止了美国军队对同性关系"不问不说"的政策。一年后,一项由全部 4 所军校学者共同背书的研究结果指出,推翻这项禁令,"对于军队的战备完成度及全体凝聚力、新兵召集、留营服役意愿、攻击战力、骚扰动乱次数与品行等各项评估指标均无负面影响。"[7] 颇受好评的电视节目《欢乐合唱团》和《唐顿庄园》引入了同性恋角色,甚至连教宗方济各都呼吁社会应接受同性恋,并称自己没有资格批判同性恋。

社会文化广泛的改观,也让企业对同性恋的态度产生变化。在财富500强企业中,有超过90%都订立了反歧视政策,其中包括基于性取向的歧视。[8] 各领域的绩优企业从航空、银行到石油公司,纷纷公开宣布他们同性平权政策的成果。

虽然同性恋平权有如此长足的进展,但据估计美国仍有41%的LGBT员工选择避免在工作场合公开同性恋身份;同样的,英国也还有34%的雇员活在衣柜里。[9] 选择在工作场合隐瞒自身性取向的原因私密而复杂,因人而异。但很明显的,担心对自己的事业发展有不良影响,肯定是他们作此决定的背后因素。

这些躲在衣柜里的员工确实缺乏好的榜样。直至2013年底,财富500强企业的CEO中,没有任何一位公开同性恋的身份。我不认为这是因为管理阶层的同性恋者缺乏能力,相反,企业高级主管阶层少有同性恋者,似乎源于自我选择和接纳度。从工厂基层一直到CEO办公室,焦虑仍紧紧攫住每一位LGBT员工的心。

曾被《纽约时报》誉为"同性恋灵敏度训练教父"[10] 的布莱恩·麦克诺特(Brian McNaught)在各企业办公室演讲,他合作的大企业包括美国电话电报公司、高盛集团、默克集团。他的看法和我一致,无论哪种产业,无论公司的保护政策如何,不出柜的员工仍旧时常认为如果自己出柜会发生灾难性的后果。他说:"那些不出柜的员工总是在脑中想象自己出柜后,种种可能发生,但其实很少或并不会发生的戏剧性场面。"[11]

因为不出柜员工心中的恐惧,在写作本书的过程中,我在试图面谈一些人时遭遇困难。我的同事与朋友邀请他们未出柜的亲友参与本书写作,虽然我们保证会匿名以保护受访者身份,许多人还是婉拒了。

在一家总部位于亚特兰大的公司工作的一位异性恋女性描述道,当她邀请一位二十五六岁的未出柜朋友参与面谈时,遭遇了一些阻力,这位朋友对此话题极为敏感。"我连给他发电邮,或留言解释为什么我想和他聊聊都没办法,"她说,"我只能给他留言,请他回电。而当他打电话给我的时候,必须等他可以找到远离他座位的空办公室,才能拨电话。"[12]

有些同意受访的人在最后一分钟取消面谈,没有给任何解释或后续反馈。同意受访的未出柜员工要求我们不要使用他们的真实姓名。有些人要求去掉年龄、国籍甚至工作所在城市等细节,以进一步隐藏身份。大多数人要求我们不要通过工作电子信箱与他们联络。其中一人写道:"这是我的个人电子信箱,以后要讨论这个话题请用这个电子信箱,免得个人助理问我尴尬的问题。"[13]

即使在众所皆知对LGBT深具包容性的企业里,员工仍难免怀着这种神经质的恐惧。投资银行家乔治是个典型的例子。他在牛津大学受教育,他的雇主是美国最大的银行之一,过去6年他都在这家银行的伦敦办公室工作。无论是在美国或英国的调查中,他的雇主都是对同性恋最友善的前几名。他从没在职场里碰到恐同事件。他的公司赞助许多倡议同性恋权益的慈善团体。

此外，他自己也说，这家公司"迅速地设立了好几个促进包容度的大型多元文化计划"。[14]这些计划包括邀请公开出柜的同性恋活动家来讲述自身经验，并推动一项计划，请异性恋员工在自己的办公室门上张贴海报与贴纸，以显示这是一个对同性恋同事而言安全的场所。

然而，在乔治工作的那层楼，300个员工里没有一个公开身份的同性恋者。"我想，银行界真正的问题在于，高层里没有人出柜，"他说，"我知道在我这层楼有四到五个同性恋，但没有一个人愿意公开身份。"

他和他未出柜的同事们相信，出柜会让他们面临工作上的危机，贴纸无法改变这一点。民调或许显示超过70%的英国人支持同性婚姻，但反对者也占不小的一部分。[15]他说，这一点是他必须考虑的，特别是在自己的考绩上。

员工每年必须列出几个能帮自己评估绩效表现的人，同时，经理们也请名单之外的员工自愿提供评语，这是大型银行的常规流程。绩效评估的结果会决定员工的薪资、升迁，以及更重要的，他们能在这家公司待多久。

"虽然你知道出柜后百分之九十九会平安无事，但那百分之一的后果太可怕了，"他说，"如果有人不喜欢我，他不必在我面前表现出来，或表现无礼，或表现恐同。只要他够聪明，就在考绩里说我没办法好好和客户相处。他只要编造个故事，突然间我的考绩排名都会陷入麻烦。"

有些安全措施可以提供保护。人力资源部门应该尽职调查，如果有考绩不一致的情况，应该与团队面谈。但这并不能让乔治安心,这些安全措施在他详尽的分析下似乎都无用武之地。"一旦出现不良评语,你的团队必须花时间和金钱来捍卫你的考绩排名,而不是把资源用在帮你升迁上。他们必须被动防守而不是主动攻击。这一切可能只来自评估里的一句坏话。"

日复一日进行这种算计是很辛苦的,特别是在工作时数增加到每天 16 个小时的时候。同样的情况也发生在当你必须隐瞒自己周末的活动细节,提到约会对象时的代名词从"他"换成"她",确保自己不致在社交媒体意外泄漏生活隐私。光是为这本书接受采访,也意味着避开办公室附近的咖啡店,而到步程 10 分钟以外的另一家咖啡店。在面谈中,乔治的神情专注且有问必答,但在大庭广众之下讨论这些题目让他有些担心。他在啜饮咖啡时,似乎同时在观察周围的顾客与行人。有些问题他用悄悄话来回答。

乔治不是唯一一个必须调整事实,改变日常生活种种基本层面的人。根据位于华盛顿特区的人才创新中心的统计,18% 的男同性恋者会修改自己生活模式的某些层面,好让自己"看起来像"异性恋,比如说,他们在下班后的社交场合。16% 的男同性恋者承认自己会改变行为表现和声调;另外有 12% 的女同性恋者说,她们会调整自己的某些外表,例如衣着、发型或佩件。[16]

"我累了,懒得再向人说谎了,"乔治说,"因为我的工作性质和工作时数,这件事已经影响到我生活的很大部分。未来我想快乐地、诚实地活过这部分的生活,这是很重要的。"他说,一旦他在几年后成为经理或总经理,他会选择出柜。目前他只想保持自己的伪装。

乔治的雇主为了鼓励包容性所作的努力是众所称许的。然而个人的风险评估，加上一点点的神经质，还是让某些员工不愿将真实的自我带进职场。对于在更不友善的环境下工作的男同性恋者，情况则更加艰难。亚历山大——这不是他的真名——在纽约与伦敦担任投资银行家。他说，在9年的工作期间，同事对同性恋不友善的玩笑话把他推进衣柜的深处。他已经出柜，但基于两个原因，他不希望暴露自己的身份。第一，他不想点名那些对他不友善的同事，让他们难堪。第二，他认为工作场合仍存在隐性的恐同心理，即使他的同事中能接受同性恋者占绝大多数。"我仍是金融圈的一分子，而且希望以后在我的城市里继续保有商业利益，"他说，"金融圈的人毫无疑问会不喜欢我打破'沉默法则'。"[17]

"并不是我被公开威胁或被叫怪胎这类的事情，"在他自家公寓的一场私人会谈中他这么说，"但明显的，隐性恐同还是存在。这种事会让你考虑再三，你到底可不可以在办公室里做自己。"[18]

他听到的大部分意见来自一名经理，同时也是他的直接上司。有一个星期，他的整个团队从伦敦到威尔士乡村的一座宏伟宅邸，举办一场办公室外的会议。这是这家公司的传统，目的是通过骑自行车、步行与划独木舟建立团队情谊。这群人大多数是男性银行家，在某一天的晚餐时间，他们围着餐桌，每人轮流讲自己听过的枕边悄悄话。"我说，'有人跟我说，我的手臂很赞'，"他回忆道。他的上司坐在餐桌的另一头对他大喊："那么，他叫什么名字？"亚历山大别无他法，只能陪大家一起哄堂大笑。

玩笑持续到第二天,他的团队去骑自行车。"当我们走去取自行车时,他说:'你看到那辆粉红色的自行车吗?那是你的。'"

亚历山大也提到有一次到瑞士开会,他和一位十分受人敬重的女性董事总经理开车回来。他们聊到一位最近离开公司的经理。她开始批评这个经理回大学读书的决定,也批评他与母亲紧密的关系。"她流露出一股非常嘲弄的口气:'他大概也出柜了吧。'我说:'很好,希望他开心。'她转过头来盯着我看,惊讶得嘴巴差点合不起来。"

虽然这家公司有 LGBT 团体,但亚历山大说,加入这个团体会带来某种污点,也意味着"这是一个只有助理和人力资源部门才会参加的团体",没有一个银行家参加这个团体的聚会。有人心有戚戚焉:亚历山大在一间同性恋夜店巧遇另一个未出柜的银行家同事。他建议亚历山大不要出柜,隐藏任何迹象。"他说:'就算你永远找不到证据,但玻璃天花板确实存在。你可以升到董事总经理,但没有下一步了。如果你是同性恋,你就不会是私人俱乐部的一部分。'"亚历山大最后出柜了;6个月后,他被公司解雇。他试着不去细想恐同心态是不是造成解雇的原因之一,他宁可认为他的被解雇和经济萧条有关,而非基于某种歧视。现在他是出柜同性恋者,工作是策略顾问,他很高兴离开他的旧同事们。他的新工作环境对同性恋者十分友善,因此他才发现自己过去生活的压力有多么大。

"活在衣柜里,你随时都得关心你的言行举止,别人会不会察觉一些你不想让他们察觉的事情,"他说,"这种感觉就像活在舞台上。但你打从心底知道,这件事关系的不是观众喜不喜欢你,而是你能不能保住工作。"

乔治和亚历山大要求匿名接受访问,这正说明了隐藏内心的恐惧仍旧存在。基石资本公司的创办人兼CEO艾瑞卡·卡普(Erika Karp)了解他们的焦虑。卡普说,只有走出柜外,才能真正了解活在柜里的人每天所面对的压力。

在她于纽约的瑞士信贷工作的7年期间,她一直活在柜里。为了保守关于性取向的秘密,她感到压力重重。"华尔街弥漫着一股男性能量,你必须在别人眼中随时保持在绝对顶尖状态,"她说,"你希望别人根据你的贡献评价你,判断你。如果你是女同性恋者,就多了一层不同,人们可能会因此感到不舒服,或至少会因此分心。这会减少你工作应得的注意力。"[19]

虽然她与一位名为莎莉的女生长期交往,但她在同事面前都说自己的伴侣叫山姆。她非常娴熟于在踏进办公室的那一瞬间,将"她"转换成"他"。经常撒谎让卡普和最亲近的同事间产生了一道隔阂,也让她精疲力竭。不可避免的,保持外在形象的压力渗透到她的个人生活里。"我记得有一天,莎莉和我在中央公园散步。我的视力不怎么好,我以为看到百米外有我的办公室同事,我紧张起来,抛开莎莉的手。这让我很痛苦。"

在朋友与家人面前,卡普过着公开的生活。她把第一次参加同性恋骄傲大游行视为值得庆贺的一刻,直到游行路线接近她办公室的街区。"我在第三十街脱离队伍,往西边走得远远的,再往下走十个街区,"她回忆道,"想到游行经过我的办公室,就让我头痛。我还记得那股压力与恐惧的感觉。"

恐同者的排斥并非某些女性躲在柜里的唯一原因。女同性恋与双性恋女性也表示,有些男性会对她们的性取向着迷。她们因此感到尴尬无比,而对她们的工作表现造成严重障碍。

克洛伊是个有自信,能言善道的 28 岁女生,她在一家大型跨国服务公司的石油天然气部门担任组长。她认识几个公开身份的同性恋员工,也认为她的同事观念都很开明。她不觉得有人会说她的性取向是错的。然而她请我不要透露她工作所在的城市。"我已经证明自己的价值,"她在一间灯光昏暗的酒吧地下室接受访谈,"但我怕男生看待我的态度会变得随便起来。"[20]

她在现在这份工作以外所经历的种种事物,造成了她对这件事情的看法。身为地球物理学家,她加入全世界最大的石油天然气集团,开始职业生涯。她和钻探团队一起凿油井,她向来是全场唯一的女性。每天晚上,她的同事们每人会喝至少 6 瓶啤酒,然后开始讲荤话。

有一次,在两次任务之间的空闲时间,她的团队坐在草坪上。有人叫了外送食物,附带两个脱衣舞娘。"两个脱得精光的嗑药女人,她们在 20 个男人面前跳舞,互相抚摸,"她说,"这些人里,大部分都是粗人。他们说着对女性不尊重的言语,他们只在有性暗示的时候,才会用正面态度看女人。"

克洛伊担心刺激他们,她从没考虑过出柜。最终,她因为不快乐而离开钻探团队,进入了研究所。她希望过着真实的生活,对每个人敞开心胸,而不只是对密友。她自在地向同学们透露自己是双性恋。几天后,一位在投资银行工作数年的同学向她提出性邀约。"他说:'显然你在性事方面可以接受很多事情,所以我们来玩玩吧。'他爱极了我是双性恋这件事。"她说。

她拒绝了邀约，两人的关系从此变调。但她的同学仍持续邀约，并与其他同学讨论她的情况。"我所受的骚扰到了无法忍受的程度，"她说，"我的力量不足以应付。"克洛伊很快就回到柜里，拒绝再讨论自己的私生活。

她现在的雇主积极催生一个具有包容性的环境，然而，克洛伊仍不愿出柜。

"如果你是同性恋，你是不会成功的，"她说，"石油天然气产业很传统，只要是头脑清楚的人，没有一个会出柜。"她对我的辞职事件记忆犹新。她的异性恋同事说我应该更开放，更透明，但克洛伊强烈相信，我否认自己的身份是正确的选择。"如果你身处这个产业的核心，这将带来极大的风险，"她说，"我曾在钻探油井工作。这个产业是什么样子，我一清二楚。"

我的辞职事件，强化了她待在柜内的信念，她从我的经验里学到了一个教训。我过的双重生活不该拿来作为职业生涯的蓝图，它应该是个警世故事。

躲藏的代价

这些员工们都心知肚明，选择活在柜里并不是一个平衡中立的决定。活在柜里，意味着脚跨两个世界。当你从一个世界切换到另一个世界，就算你再怎么熟悉此道，你的心灵能量还是会一点一点地被抽干。这份能量大可用于在职场上解决问题，或在个人生活中与伴侣建立稳定关系等更有建设性的地方。

性取向不是一个人的全部，但毋庸置疑的，它确实是身份认同的重要部分。如果你否认某一部分的自己,会让你无法接受全部的自己,对自信心与自尊产生巨大的负面影响。如我的经验所见,你可能自己都无法察觉这份代价。纽约心理分析师杰克·德雷舍医师(Jack Drescher)说,有时候,活在柜里的人无法接纳自己在个人与专业方面的成就。"他们感觉自己是虚假的,不知道自己是谁,因此他们无法全然接纳自己真实的成就,"他说,"这是衣柜里的心理状态。当你抛出烟幕,让别人无法看见你,同时你也无法看见自己身边发生的事情。你无法看见自己。"[21]

我在英国石油公司晋升的过程中,时时刻刻在盘算思考,该做出哪些不得不做的的权衡取舍。没错,我登上了顶峰,然而当我登顶的同时,我感觉自己被囚困,被孤立了。

我的双重生活在1969年的阿拉斯加安克雷奇就开始了。我刚到安克雷奇的几个星期,住在一家廉价旅馆。旅馆的墙壁非常薄,薄到你会自然而然认识其他住客。不久前才发生了一场地震,毁掉大部分的闹区,当时这座城市正逐渐从灾难中复苏。你还可以见到沉陷地表的一大部分市中心。有一条酒吧街,那里常有斗殴事件,偶尔听到枪击。即便如此,居民还是每晚光顾去喝酒。在一家特别的酒吧里,管理人员在地上铺着满满的花生壳,每走一步就会发出脆裂声,顾客会在钢琴上跳舞。

在这片混乱中,我开始了第一份工作,我在钻探井帮忙做流速检验。和我共事的男人们一个个高大结实,来自得克萨斯州和俄克拉何马州,他们的长相要说是逃犯也不会有人怀疑。我们在天寒地冻的北方度过漫长的时光,每天等着下一件大事发生。我开始发明一种隐藏自己个性的方法,关键在行为举止完全正常,不要打草惊蛇。我谦恭有礼、乐于助人,我那时21岁,但看起来像17岁。我不仅是全团队最年轻的一员,也是个外国人,所以人们往往想帮我一把。只要有人问我有没有女朋友,我就会说"有",就这样。人们在职场经常语带保留,因此创造了一道可供我躲藏的屏障。

20世纪60年代后期到20世纪70年代初期,企业运作的标准比今天低得多。让新进人员感觉被包容,成为团队一分子的标准,同样也低得多。当我们到洛杉矶与旧金山出差,我们整天都在工作。晚上整个团队都到脱衣酒吧喝威士忌或杜松子酒,大家轮流抽烟,几个女人在闪烁昏暗的灯光下舞动。这是个令人惊骇的体验,我很不喜欢,但我从未拒绝,我得学着融入。

1971年,在冰原上工作两年后,英国石油公司终于把我调回纽约。我在第48街和第2大道的交叉口找到一间相对便宜的住宿,这个地方现在称为哈马舍尔德广场。我住的是单卧房公寓,里面有个小厨房,毫无吸引人之处。

我不知道在这样一个巨大又忙乱的城市应该如何自处,但它给我的隐匿性,让我有勇气第一次到同性恋酒吧探险。保镖把我拦在门口。"这是同性恋酒吧,"他说,好像要把我吓跑,"你知道这是间同性恋酒吧,对吧?"我感到很难为情,迅速地逃走了。也许我的穿着不合时宜,我原本穿着西装,所以我几个小时后回来,穿着牛仔裤和毛衣。

最后我好不容易进入酒吧,感觉犹疑不定。我期待见到一些刺激的、不同寻常的事情。然而,映入眼帘的平凡场景让我大吃一惊:不过就是一大群人喝酒跳舞,有些人还穿着西装。

那时我口袋里没太多钱，所以不常光顾酒吧。大部分人把同性恋夜店视为寻欢猎艳的场所，但我发现很多人光顾同性恋夜店，其实背后没有那么明确的动机。我遇见形形色色的人，有些人相当有趣。对很多其他人来说，他们这辈子的所有同性恋生活，就只发生在小小的夜店里。

当时英国石油公司在纽约只有一个小办公室，这让我大为放心。我无法想象办公室有任何同事是同性恋，更别说到同性恋酒吧消费了。但我错了，几个星期后，当我走进其中一间同性恋酒吧时，我立刻被一个眼熟的人发现，他是我办公室的同事。他来到我面前，而我真想躲到地底下去。

他出入同性恋场所的频率显然比我高得多，因为这个缘故，再考虑他在公司的职位，我相信如果他的性取向曝光，他得付出更高昂的代价。我在青少年时期的经验告诉我，他也冒着一定的风险，他不会随便让任何人知道他是在什么地方遇见我的。在公司，我们之间的共同秘密让我恐慌不已，但从没有人发现一点蛛丝马迹，我们也从未露出马脚。

在我寄回英国给爸妈的信里，我小心地编织我的人生。我会放心谈起我和一个法国男生搬到格林尼治村，他有女朋友，教我做菜和办晚宴。当我讲起对大卫·霍克尼的喜爱时，则会谨慎许多。霍克尼是个能言善道且公开身份的同性恋艺术家，他常在画作里直接展露同性性取向。有次我买了他为诗人卡瓦菲的作品所画的异色插图，画作里是两个躺在床上的男人。回顾当年，也许这是一种隐藏的叛逆。我不会对爸妈坦承自己的秘密同性恋生活。

无论是写信给父母或参加会议,我的基本原则向来是"不留下任何证据,不泄漏任何迹象,不让任何人有机会见到真正的你"。我只要感觉自己仿佛露出破绽,就会好几个星期都魂不守舍。有一次,当我穿着一套浅蓝色西装经过一个建筑工地,一群建筑工人开始鬼叫,大喊辱骂同性恋的字眼。我发誓从那天起永远只穿深色西装。

1974年,我来到旧金山,在那里工作两年。我在1980年旧地重游,在斯坦福大学完成了商学学位。这座城市不适合我,对一个尚未出柜的保守英国人来说,卡斯特罗区张牙舞爪的气氛一点也不吸引我。

在这段时期,我交了一个女友,是我的医师的女儿。我会和她在周末约会,十分期待与她共度时光,她是个好伴侣。我还是会偶尔出现在卡斯特罗的同性恋酒吧,因为旧金山的同性恋场所与这座城市的其他区域非常隔离,我曝光的风险极低,所以我知道不可能会与她巧遇。如果你过着双重生活,你可以把每件事都合理化。

至少有一个人知道我不是外表的那个样子。每个商学院学生都有自己的信箱格子,有一天,我的格子里出现了一封男女同性恋聚会的邀请卡。我考虑了一下,但最终没有成行。几天后,负责筹办这个聚会的学生来找我,他说:"很可惜你没来。"也许他知道我面对的挣扎。最终,我的女友主动为我们的关系画下句号,我不责怪她。我没有结婚的打算,她感觉到了。我接着转调卡尔加里、伦敦、阿伯丁。1986年,我已经升到位于克里夫兰市的标准石油公司财务总监的位置。我几乎不再与同性恋朋友们见面,我的母亲已经确定长期与我同住。

我年近40岁,每个人都想帮我和他们的朋友或亲戚凑对。当我参加晚宴时,朋友的另一半会说:"我认识一个非常好的人,我希望你能认识她。"我渐渐进入某个阶段,成为有小孩的离婚女士眼中最有潜力的单身汉。我会保持礼貌,但不表任何兴趣。如果我礼貌地忽视,众亲友的探询通常会自己消失。

隐藏大师

2013年,我在俄罗斯驻英国大使府上,与大使共进午餐。俄罗斯前能源部长尤里·沙弗兰尼科是主宾,我与他因商务而熟识已久,俄罗斯大使还记得我认识沙弗兰尼科时的种种细节。那是1989年,我正领导英国石油公司的探勘生产部门。"那时我们盛大款待你,因为我们的情报显示你会成为英国石油公司的下一个CEO,"他说,"这是我们的干员发现的。"我寻思,他们的档案里是不是还写了些什么别的事情。

在母亲与我同住的14年里,我几乎完全将自己与任何形式的同性恋生活分割开来。我活在深深的孤独感里,但我相信我可以靠着很久一次的一夜情凑合过日。当我在1995年成为CEO后,我的神经质程度高涨。在国外旅行时,接待我的通常是各国政要,周围围绕着层层保安。1998年,英国石油公司并购美国国际石油公司之后,我的名字在美国越来越受注意,所以我身边24小时都有个人安保。安保人员会待在我隔壁的房间,当我一开门,他们会立刻醒来。我的衣柜在此时已完全钉死了。

我害怕性取向被人发现,因为我相信一个公开同性恋身份的人,无法在一个惩罚同性恋的国家进行商务活动。在中东、安哥拉、尼日利亚等各个角落,这是千真万确之事。我把待在柜内视为务实的商务决策。

就算没有俄罗斯情报特务的能耐,总有人会发现某个员工是未出柜的同性恋者。我非常会塑造公开形象,但依我的后见之明,我知道有些同事怀疑我是同性恋者。我很擅长迷惑别人,更擅长在迷惑别人的同时迷惑自己。

2002年6月,我在柏林的女性领袖研讨会发表演说。我的说理直截了当,英国石油公司承诺支持多元文化,希望能把全世界最有才干的人集中到这里来。只有靠着吸引各行各业最优秀、最聪明的人才,我们才能保持竞争力。"这是个简单的策略逻辑,所以我们支持多元文化,鼓励包容各种个体:男性与女性,无论背景、宗教、种族、国籍或性取向,"我说,"我们希望雇用任何一个角落最优秀的人,我们只看一个条件——才能。"

我们鼓励包容的方式涵盖各种各样的群体。但第二天,左派报纸《卫报》报道这则新闻时,他们的头条只强调一个小小的切面:"英国石油公司多元计划针对同性恋员工。"[22]

《卫报》特别强调性取向,显示把"同性恋"与"商务"放在一起,在当时是多么不寻常的一件事。在英国石油公司,我们正在做这件不寻常的事,把同性伴侣福利放进我们正当提供的员工福利保障中。[23] 1999年末,世界最大的上市石油公司埃克森并购了规模稍小的竞争对手美孚。在并购案前,美孚已将员工福利延伸到同性伴侣,但埃克森尚未付诸行动。埃克森在签署并购案的同时，也否决了新聘雇员工同性伴侣的福利。

《卫报》头条多少令人震惊，但更令人忧心的，是直接刺探我个人生活的访谈。身为 CEO，每场面谈都是地雷区，一点草率的用字或错置的句子，都可能代表着灾难。

关于我自身的性取向，我学会毫不犹豫地隐藏。我不需要预习草稿。我尽全力让人感觉我是个单身汉，只是从未遇见对的人。"我未来会不会结婚还很难说，"有一次我告诉伦敦《周日邮报》，我接着说，"也许这次访谈就是征婚广告。"[24]《金融时报》是唯一直接问我是不是同性恋的报社。这个直截了当的问题，得到直截了当的回答："你问错人了。"[25]

然而，最让人担心的访谈发生在 2006 年。BBC 邀请我上热门的广播节目《荒岛唱片》。节目主持人会问"放逐者"，如果要挑选 8 张唱片带到荒岛上，要带哪些唱片？音乐穿插在传记式的访谈之间。

为什么担心？因为 1996 年，这个节目的主持人苏·罗莉（Sue Lawley）在访问当时的影子财政大臣戈登·布朗时，直接询问他的性取向。"大家想知道你是不是同性恋者，或者是你的性格里有缺陷，让你无法维持关系？"她的问法，像是在询问一条斩钉截铁的事实似的。布朗回答："不过是时机未到而已。"[26]

英国石油公司媒体部主管罗迪·肯尼迪是个聪明人，我十分确定他早已看穿我的烟幕，但他不希望任何对我性取向的猜测影响英国石油公司的形象。依他看，我不该置身于这种情境中。他与我讨论过这层忧虑，我觉得他动用了自己的影响力，确保主持人不致刺探我的性取向。他处理了这个问题，性取向的问题从未出现过。

有段短暂的时间,我想过是否要趁这个节目出柜。只要我说"我想",罗迪会想办法实现。但我的勇气只持续了短短的时间,很快我就把这个想法藏在心里。

相反地,我聊到普契尼和理查德·施特劳斯。我回忆我在寄宿学校的刺骨风寒,谈起我母亲的伤痛故事。整场访谈非常的友善。当她问我会带什么奢侈品到荒岛上时,我说,我要一盒古巴雪茄。我会一边抽着雪茄,一边听着弗朗西斯科·雷皮拉多(Francisco Repilado)的《Chan Chan》,看着夕阳西下。

事实与理想相差十万八千里,我对双重生活越来越厌倦。无论你在哪一行哪一个位置,只要你活在秘密里,这种生活就会越来越耗损身心。

即使是今天,我听了这么多年轻人活在衣柜里的故事,我一方面为了社会加诸他们身上的压力而感到生气;另一方面为了隐藏的后果而感到难过。本章的故事唤醒了我自己的回忆,那段把我自己锁在硬壳中,确保没人能进入壳中的时期。人们也许会怀疑,他们也许会发问,但我坚信不可以让任何人接近,见到真相或真正的我。

无论在公司里的层级高低,员工如果被困在柜内,就难以建立全面的视野。只有在回顾时,他们才能了解双重生活加诸自身的限制,以及对工作与生活所造成的腐蚀。

前投资银行家亚历山大还记得上司开的粉红色自行车的玩笑。但他没有对老同事生气,相反地,他气自己躲在柜中这么久。"如果我从一开始就对每个人开诚布公,我的生活真的会这么困难吗?"他问,"恐同者能有这么大的力量,是因为我们给了他们力量。如果我们允许这些人把羞耻加诸我们身上,我们就永远是次等公民。"

恐惧让他躲在柜内,如今自由让他活在柜外。

"如果我对身为同性恋者充满骄傲,叫我去骑粉红色自行车还会是笑话吗?这句话之所以好笑,只因为我尽全力躲在柜里。一旦出柜,笑话就不再是笑话了。"

第四章　幻影与恐惧

害怕出柜是否有正当理由支持？在什么情境下应该可以考虑出柜这个选择？出柜又会造成什么影响？对我来说，出柜这个念头把我吓坏了。回头来看，这份恐惧的背后并没有充分的理由。随着我的事业发展，社会对同性恋员工的态度也逐渐改变。我被焦虑与恐惧所蒙蔽，让我无法清楚看见这股进步的力量。

我从未遭受任何明确的负面后果，所以在这一章，我请别人讲述他们自己的故事。有充分证据显示，在企业里的位阶越高，LGBT 人群的统计比例就越被低估。此外，还有针对 LGBT 职员有意或无意的偏见，因此，同性恋在现实条件中遭遇了许多不平等的待遇，从薪资与福利不平等到明目张胆的歧视。6 个出柜的同性恋者讲述自身故事，他们的上司如何将他们的性别认同变成晋升的障碍。一位企业主讲述他的企业面对的后果如何影响到经济效益，以及他身为同性恋者所遭到的骚扰。

过去与现在的教训告诉我们，当社会恶化时，少数群体常被当作替罪羊，例如犹太人众所皆知的历史。LGBT 也是一种少数群体，社会对同性恋渐渐宽容的态度究竟是永久的改善或终究会倒退的周期循环，我们还不得而知。

在艾伦·吉尔莫（Allan Gilmour）担任福特汽车最高层行政职位期间，他每天都得计算利害得失，但不是每道计算题都和数字有关。20世纪80年代末期，一位记者问吉尔莫他为何从未结婚。"我告诉他，我和福特汽车结了婚。"吉尔莫说。他在密歇根迪尔伯恩（Dearborn）的总部不认识任何其他同性恋管理高层，他觉得必须切割、闪躲有关自己性取向的讨论。"我觉得，我不会因为出柜或被出柜而遭到解雇，"他说，"但我觉得，出柜对我在公司的进一步晋升有坏处，也会在福特吸引一些不该吸引的注意力。"[1]

吉尔莫晋升到副董事长的位置，福特企业中第二资深的位置，有34年的时间都待在衣柜里。随着他的晋升，有关他性取向的耳语也如影随形。在20世纪90年代早期，一名记者联系福特公关部，调查另一位福特企业高管的疏失。"据说公关人员表示：'别问这件事了。我告诉你一条真的新闻。吉尔莫是同性恋者。'"另一名公关部职员后来确认此事的确发生过。

这件事后来船过水无痕，那年稍后，福特CEO雷德·波林（Red Poling）告诉吉尔莫，他想把CEO一职交给吉尔莫。然而，董事会最后却任命了亚历克斯·特罗特曼（Alex Trotman），吉尔莫决定辞职。

吉尔莫说，他不知道自己的性取向对这件事有没有造成影响，虽然有人暗示确实有影响。2002年，福特重新聘用吉尔莫担任副董事长，他与CEO比尔·福特（Bill Ford）见面，比尔最近与董事会讨论是否聘用吉尔莫。"他告诉我，'没人讨论过你是同性恋者这件事。'"吉尔莫回忆道，"也许是我解读错误，但我觉得这句话的意思是:'真想不到这次没有人讨论,因为以前确实有人提起过。'"

即使社会的态度转变,即使企业正面迎接此种转变,出柜永远都带着风险。吉尔莫的故事显示出柜(与被出柜)的后果永远没人弄得清楚。偏见的天性是隐匿的,这也意味着员工可能浑然不知自己所面对的风险。

这样的风险随着产业、雇主、地区而变。在美国,直到2013年末,参议院才通过了一条法案,明文保护LGBT员工不受职场歧视。这条法案仍面对国会的严峻挑战。[2] 仅仅21个州通过了明确保护LGBT员工的法律,在其他29个州的老旧法律环境下,理论上老板可以因为员工是同性恋而将其解雇。

在美国,几乎每5个出柜的男女同性恋员工中,就有2人于过去5年内在工作场合中遭到骚扰。[3] 在白领男女同性恋与双性恋者中,超过一半表示自己曾遭受"黄色笑话和影射字眼"[4]等各种方式嘲弄或轻慢。在我建立事业的那几年,这些统计数字又比现在高出许多。

自从我在2007年被揭露同性恋身份后,我觉得性取向并没有减少我的事业前景,但我的处境并不典型。我先有过一段成功的企业高管经验,并且花了超过40年的时间经营事业,我的人脉遍及石油天然气和金融产业,这一切建立之后我才出柜。一个在事业起步时就出柜的年轻人,可能无法获得我所享有的机会。

近几年来的进步已让职场骚扰的风险大大降低,但职场骚扰还没完全绝迹。我不能百分之百保证如果某人决定公开性取向,他的事业不会被影响。我多么希望能告诉同性恋朋友,他们能高枕无忧,但我收集的信息显示,风险依然存在。总的来说,这些风险不大,而且正在削弱,但如本章所言,每个人的情境都大不相同。

在企业金字塔顶端

　　企业是人类进步的发动机,它们存在的目的,是带来一个人无法独立获得的健康、财富与快乐。但在多元性与包容性方面,企业往往是追随者而非领导者,是被动反应而非主动出击。在面对社会变迁时,企业的反应包括设立导师计划,改变企业政策,资助多元性训练计划,鼓励针对被忽视群体的招募活动。但即使作出这么多努力,少数群体在企业所占的比例仍低得不成比例。

　　偏误源自董事会。董事会绝大多数是异性恋(或至少表面上是异性恋)白人男性。2012 年,财富 500 强企业的董事席次里,白人男性几乎占了 3/4。[5] 数据显示,随着董事们的平均年龄逐渐增长,白人男性的比例更加稳固。[6]

　　有许多问卷调查董事会成员的多样性,但目前为止还没有问卷调查 LGBT 人口的比例,所以我们不知道有多少同性恋者担任企业董事。2013 年,辉瑞药厂首席联络官,同时也是公开的女同性恋者莎莉·萨斯曼(Sally Susman),被任命为跨国广告公关公司 WPP 的非执行董事。她认为,董事会要能代表同性恋者的声音,还需要一些时间。"董事会向来是自己小圈子里的活动,对女性、少数群体和同性恋者不利,"她说,"改变发生得很缓慢,但终究会到来。真正的英雄,是那些愿意考虑个人才识,忽视他们身上标签的 CEO 与提名委员会主席。"[7]

从猎头公司的角度看来,情况究竟有没有改善,至今仍然莫衷一是。猎头专家安娜·曼恩(Anna Mann)表示,性取向并非选才过程中的考量之一。"我从没在董事会的层级见到针对同性恋的任何歧视,"她说,"这是个不相干的因子。"[8]然而,另一位优秀的猎头专家"城市猎头者"(应当事人要求匿名),则见到不少歧视发生的机会。"董事会招募新人,是要找类似性格的人,"她说,"这可能会排除那些与招募者不同的候选人。"[9]

这并不是歧视的证据,事实要复杂得多。现有的社交与专业网络创造了企业的董事会,而董事会的职责是管理企业。因此,董事会倾向于保守,不爱冒险,他们的行为模式加强了圈内人与圈外人的分野,也不怎么令人意外。比如说,我见过男性董事们趁着在小便池边的时间谈成交易案,或针对某件事彼此争论起来,这种场合排除了女性董事的参与。我相信,对做出高阶决策的企业高管而言,同性性取向可能会在有意识或无意识下发出警告信息,因为如果有人无法符合董事会的框架,他带来的是风险与不确定性。这或许能解释为什么截至2013年末为止,富时100企业里居然连一个公开同性恋身份的CEO也没有。只有一个董事会任命了唯一一位公开同性恋身份的CEO,[10]那就是博柏利(Burberry),这位同性恋CEO在2014年夏季上任。如果我们假设社会中有5%是同性恋人口,富时100企业里应该要有5位同性恋CEO,财富500强企业则应该有大约25位。

隐性偏见

无意识的偏见形塑我们的行为,引导着我们的一言一行。我们从小接纳外界的信息,吸收社会、朋友与家人给予的负面刻板印象,这样的信息塑造了我们对别人的信念与态度。心理学家马扎林·巴纳吉(Mahzarin Banaji)与安东尼·格林沃尔德(Anthony Greenwald)在他们的著作《盲点:好人心中隐藏的偏见》中,详细探讨了无意识偏见的现象。"因为在我们的文化环境中,我们接触这些知识十分频繁,因此把这些知识存在我们的大脑里,"他们写道,"一旦隐性偏见进驻我们内心,它会影响我们对特定社会群体的行为,但我们对这些影响浑然不知。"[11]

内隐联想测验(Implicit Association Test, IAT)显示,社会各群体都受到隐性偏见的影响。[12]这个测验请受试者将各种人群(例如拉丁裔、老年人、同性恋),联结至价值判断(例如善、恶)以及刻板印象(例如聪明、善运动、邪恶)。受试者将群体与惯值判断、刻板印象分类配对的速度越快,就表示联结越强。研究一再指出,大家想到善的观念时,很容易联想到白种人、年轻人或异性恋,而较不容易联想到黑人、老人或同性恋。[13]

有一份与性取向偏见相关的内隐联想测验,共有超过100万人完成填答。"填答问卷的异性恋者中,绝大多数人或多或少对其他异性恋者都有某种程度隐而不显的偏好,"审阅资料的心理学家瑞秋·里斯金德(Rachel Riskind)指出,"男女同性恋者对其他的男女同性恋者有轻微的偏好,但他们的偏好与异性恋者对异性恋者的偏好相比,是小巫见大巫。"[14]我最近决定也来试做这份测验。根据我的测试结果,我和16%的受试者偏好同性恋,而68%的受试者倾向偏好异性恋,另外16%的受试者没有偏好。

我们从很小的时候就开始接触到社会的异性恋偏见,儿童在书籍与电视中接触到的角色里,绝大多数是异性恋。在宗教环境下,同性恋往往与罪恶相提并论。美国禁止男同性恋者献血,因为大众仍担心艾滋病。此外,在不同的地区,男女同性恋者无法享有异性恋者所拥有的部分权利(例如结婚与儿童领养权)。

将同性恋归类为轻浮、滥交、疾病以及容易药物及酒精上瘾,会不可避免地影响大家对其形象的评价。当管理者在评估求职者时,他能用的时间与资源只有这么多,如果他评估的信息里出现任何空隙,他的大脑会自动填满空白,此时潜意识中的偏见与刻板印象将发挥一定的效应。这是一个自动的过程,是人类成功演化的重要一步,但在现代职场中,却会伤害少数族裔的出头机会。

性别与种族研究已证实,潜意识下的偏见可能会影响聘雇、升迁、给薪的决定。有越来越多的证据显示,同性恋求职者也可能面对同样的偏见。社会学家安德拉什·蒂尔奇克(András Tilcsik)试图检验在相同的条件下,男同性恋者是不是比异性恋者男性更不容易得到工作面试的机会。[15]他从7个州选出将近1800个工作职位广告,每个职位他都寄出2份假履历表。在两份履历表中,一位求职者列出一项经历是大学时期曾参加同性恋学生团体。另一位求职者列出的经历,则是担任左翼小型校园团体"社会改革联盟"的财务干部。两份履历内容不同,但工作资格与性取向之间没有连带关系,因此求职者受邀面试的机会,只可能与其中一位学生经历里的"同性恋信息"有关。[16]

特意设计为异性恋的求职者中,有 11.5% 获得面试邀请。参加同性恋社团且资格相同的求职者当中,只有 7.2% 获得面试邀请。也就是说,同性恋求职者得到面试的机会少了 40%。[17]

我们不能太简化地说,是因为雇主摆明不愿雇用男同性恋者。有意识与无意识的刻板印象,可能对雇主选择求职者造成一定的影响。蒂尔奇克解释说,在这个研究中,当招聘广告明确征求"肯定""积极""果断"的人才时(三项符合异性恋男性刻板印象的特色),同性恋求职者受邀面试的机会就会减少。回绝同性恋求职者的管理者,心里想的未必是明明白白的恐同。然而他或她的潜意识中,有某种先入为主的观念,例如相信男同性恋者既女性化又被动,因此在他们眼中,同性恋求职者便显得不胜任这份工作。[18]

当公开身份的男同性恋者确实找到工作的时候,他们挣的薪水很可能比他们的异性恋男同事低。在美国,过去 10 年内有 10 多项研究发现,拿男同性恋者与资格相似的异性恋男性同事相比,男同性恋者的收入低 10% ~ 32%。[19] 一份研究回顾了澳洲、加拿大、欧洲的文献,发现男同性恋者的收入低了 7% ~ 15%。一般来说,女同性恋者则不受歧视。[20]

经济学家认为,收入的差别不光是对男同性恋的惩罚这么简单,也可能体现在对已婚男性的优惠,已婚男性的收入通常高于单身的异性恋男性。[21] 许多学者试图解释已婚男性享有的显而易见的优惠。有些学者认为工作产量高的男性才会结婚,[22] 其他学者则认为,是婚姻提高了男性的工作产量,[23] 因此雇主偏好已婚男性。[24] 结婚所带来的优惠,也可能部分源自对异性恋员工的偏好。[25] 无论原因为何,已婚者的优惠是千真万确的,也是已婚者职业生涯跃进的跳板。异性恋男性经常在个人的专业自述中提到自己的婚姻和儿女。

处理这些不平等并不容易。"大家有个强烈的刻板印象认为同性恋者都很有钱,教育程度很高,"经济学家李·巴吉特（Lee Badgett）说,"这种刻板印象可能会打消任何有关经理人不公平对待职场员工的想法或担忧。"[26] 因为公司直到最近才开始记录员工的性取向,能找出薪资不平等的证据少之又少。

然而,女同性恋者的收入往往比他们的异性恋女同事高,有几个可能的理由。女同性恋者较不可能有子女,她们的职业生涯受到延误的次数不如异性恋女性频繁。[27] 研究也发现,与异性恋女性相比,女同性恋者的工作时数较长,而且平均教育程度也较高。[28] 工作与教育有一部分可能是一种生存策略,因为女同性恋者了解,她们不会嫁给薪水较高的男性,因此为了经济安全,必须加倍努力才能自保。她们薪水的优势,也可能是对她们散发的阳刚气质的奖励。[29] 无论是何种情形,女同性恋者挣比异性恋女性更高的薪水,却也没能与男性并驾齐驱。无论同性恋或异性恋,女性的收入都低于同性恋与异性恋男性。[30]

显性偏见

在职场,身为同性恋不光是带来财务上的后果而已。恐同的经理人可能会对下属的同性恋员工造成极大的不愉快。这会影响工作动力、士气以及同性恋员工专业成长的空间。

希拉里（化名）在伦敦一家大型跨国顾问公司担任顾问，她在 2012 年加入公司。当她还是资历较浅的员工时，她紧张到不敢出柜。她担心会被看作"那个女同性恋者"，而不是个工作表现出色的年轻女员工。有一次，当她和一位资深男同事谈到她的另一半时，她不小心用了人称代词"她"。

"我解释说，我是女同性恋者，我有个女朋友。当时一切都好像很正常，但隔天当我进办公室的时候，经理对同组的每个人说，我有个肌肉男友名叫道恩，"希拉里说，"我以为这是个偶然的笑话，但不用说，这个笑话日复一日，直到让我难以忍受。我请他停止，但他依然故我。羞辱似乎让他很满足，特别是当同组其他人问我道恩是个什么样的人的时候。"[31]

这种情形持续了好几个月，直到这位恐同的经理离开小组。到了这时，希拉里才觉得舒服一点，终于有勇气出柜。"大多数人不会把性取向当成识别身份的标签，"她说，"然而，事情总有特例，这里也一样。"虽然希拉里已经出柜，她还是选择在本书中匿名，并不是因为她觉得自己的性取向会对公司造成负面影响，而是她不希望外人认为这家公司有恐同倾向。

经理人可以帮整个团队定调。如果领导者觉得说恐同笑话是件有趣的事，整个团队往往也会跟着一起笑，并且模仿领导者的行为，这会让同性恋员工感到被边缘化，更无力发声。这正是艾丹·吉利根（Aidan Denis Gilligan）的经验。他在布鲁塞尔一家首屈一指的跨国公关公司担任项目经理，有一名资深经理人好几次通过一名同性恋同事的计算机向资历较浅的员工发出带有强烈性暗示的电子邮件,还秘密抄送给其他参与这场恶作剧的员工。"那些正在六个月试用期的年轻受训员工一定会以为那个同性恋者喜欢上自己了,然后就会心生恐慌。"吉利根说。[32] 有一次在公司的圣诞派对上,这名恐同经理人送员工礼物,吉利根必须在所有同事面前打开这份礼物。里面是一只乳胶手套和一盒凡士林。每次吉利根走过经理办公室门口时,经理都会问他:"你是要去'化妆室'补妆吗?"

吉利根说,恐同笑话和字眼让同性恋员工不愿意参加公司的社交活动,因而让他们与领导阶层更加疏远。压垮他的最后一根稻草则是他参加的第二次公司圣诞派对。与吉利根同桌的一位英国男子,穿着一条苏格兰裙。当办公室主管经过这桌时,她问英国同事,吉利根有没有在桌底下对他毛手毛脚。"这是职场羞辱的极致,她让公司的每一个人都有取笑我的权利,"他说,"很明显,我永远不会爬到企业领导层的顶端,因为我永远不会符合他们心中的完美形象。"

玛格丽特·里根(Margaret Regan)是一个国际组织的领导人,她的组织为世界最大的几家企业与团体提供多元性与包容性的训练课程。她说,大趋势是指向包容,越来越多的企业在努力提供支持 LGBT 员工的环境。这股趋势经过了长久的演变。在 20 世纪 90 年代,有次她为客户的公司进行组织评估,有一位资深经理人要求她不要带同性恋顾问一起来,她拒绝了。他们又请她转告同性恋顾问,晚上待在旅馆房间里。她无法想象这种要求会出现在今天。

在某些工作场合,宗教催生了反同性恋的态度。2011 年,里根有一位客户不愿意讨论 LGBT 议题。"副座训诫我们,《圣经》是如何谴责同性恋,"她说,"我们面面相觑,不知该说什么。此人告诉我们:'你必须痛恨罪,但深爱罪人。'"[33]里根的团队也请经理人评估不同团体对办公室环境的感受。"我们问男女同性恋员工在这里工作的感觉如何,一位管理高层说:'我不想回答,我不愿意讨论这件事。'"

里根相信,美国各地区依然存在差异,有些企业高管还没准备好把 LGBT 议题放进企业整体的多元性与包容性策略里。然而,随着社会的观点改变,许多企业高管的观点也会改变,他们现在是极端者而非主流。[34]

出柜可能会让同性恋员工与宗教信仰虔诚的经理人之间产生裂痕。贾斯汀·唐纳修(Justin Donahue)的公司是世界最大的航天公司之一,他在那里工作了 8 年。当他在佛罗里达分公司工作时,他邀请他的女性经理参加他的同性恋合唱团举办的音乐会。在音乐会中,她明显露出不舒服的神色。他们演唱了动画《小美人鱼》里的歌曲《亲吻她》(Kiss the Girl),合唱团里有一对女同性恋者嘴对嘴接吻,他的经理立刻起身离场。隔周一,她把唐纳修叫进办公室。"看得出来她心烦意乱,而且十分不舒服的样子。她看起来眼泪几乎要夺眶而出,她觉得深受冒犯。"他说。[35]她在整段对话中的每个字都提高分贝,她告诉唐纳修,她不但为他祈祷,也希望能打电话给他母亲,告诉她,虽然他选择过同性恋的生活方式,但他仍旧是个好员工。"我坐在那里,努力不要生气。"他说。那天发生的种种,导致他们的关系日趋紧张。唐纳修最后调到了加利福尼亚州的另一个分公司。

第四章 幻影与恐惧

当同性恋员工出柜,反同性恋的态度不是他们所面临的唯一风险。大众文化经常将男同性恋者描绘成轻佻、不负责任的一群人。同性恋的风险之一,是可能较不受经理人(即使是思想开明的经理人)重视。这不是一种明目张胆的不友善,但它却可能左右经理人,影响他们是否给予同性恋员工与异性恋员工同等的尊重。

雅各布在伦敦一家大型媒体公司担任作者,有5年的经验。他说,他的性取向经常让他的主管戴着有色眼镜看他。有一次,当他讲述一则有关少数族裔受迫害的新闻时,一位女性主管说:"哟,那听起来太赞了!"她摆出夸张的女性化手势。另一次,一位非常资深的男性主管说,雅各布不应该"浪费时间在稀奇古怪的东西上",还说他的报道"太没分量"。雅各布很困惑,他最近的报道内容有暴动、娼妓、药物。"他们有个根深蒂固的观念,认为同性恋都很轻浮。也许在不知不觉下,他们时时在找证据验证自己的偏见,"他说,"当别人评断你的标准不是你真正的工作表现时,你要怎么求进步?"[36]

他在2012年离开那家公司。后来前同事告诉雅各布,这位编辑曾在一次会议中拿他的性取向开玩笑。"她解释着该如何在推特上遵守礼节,告诉听众他们代表公司,应该要谨言慎行。她说,她已经好几次叫我'不要上推特宣告去同性恋夜店玩'。我从来没做过这件事。如果我是异性恋,我怀疑她还会不会用夜店举例。但即使在相对开明的人群中,同性恋仍旧经常是被开玩笑的对象。"雅各布与之前的受访者一样,心中的恐惧已根深蒂固。即使他已公开出柜,他仍希望在本书中匿名,以免危及他的职业发展。"管理者通常不会在乎你是不是同性恋,"他说,"但如果你提及怀疑待遇不公,你突然就会变成负担。"

跨性别员工在出柜时所面对的后果似乎特别严重。在美国的一项调查中,90%跨性别员工表示曾在工作场合遭到骚扰与歧视,大约有一半的人认为自己曾因为跨性别身份被解雇,未被雇用,或失去晋升机会。[37]在受访者当中,跨性别者的失业率是全国平均的2倍以上。2007年,凡迪·格伦(Vandy Beth Glenn)在亚特兰大的乔治亚州议会负责法案编辑与校对。这年9月,她表示自己将在下个月从男性变为女性。州议会法律主任顾问休厄尔·布伦比(Sewell Brumby)找格伦会谈,确定她的想法。"会谈一结束,我被请回办公桌,他们给我两个箱子来打包东西,然后赶我出门。"她说。[38]

格伦控告雇主因性别歧视不公平而被解雇。在法庭口供中,布朗毕并未质疑格伦的工作表现,相反地,他说"格伦变性的想法很不适当,可能会影响团结,有些人会把这件事视为道德问题,也会让格伦的同事感到不舒服,"他也说,"想到有人穿着女性衣服,衣服底下却是男性生殖器官,让我感到不安。"[39]

一直到2011年,格伦被解雇4年后,她才赢得回到工作岗位的权利,但没有得到任何薪资补偿。"很多人无法理解跨性别者在LGBT运动中的角色,在我看来其实很简单,"格伦说,"厌恶我们的是同样一批人,基于同样的理由,因为我们违反了性别常规。"

连独立自营的同性恋也无法幸免于偏见的影响。北卡罗来纳州的商人鲍伯·佩吉(Bob Page)将替代公司(Replacements Ltd.)一手打造成世界最大的瓷器、水晶、餐具与收藏品零售商,每年收益超过8000万美元。佩吉在1990年的一篇新闻报道中出柜,此后,他的公司开始面对隔三岔五的攻击。许多教会要求信徒与其他教会不要与替代公司打交道,公司厕所与户外设施被喷上"同性恋"字眼。几年前,有位女士将车横停在通往替代公司的双线道上大喊"上帝快回来了"和"邪恶的同性恋"。警察在45分钟后将她请走。"我一直都很显眼,"佩吉说,"我们还没有这么天真,以为恨我们入骨(特别是针对我)的人不存在。"[40] 反对同性恋的声浪,在 2012 年 5 月北卡罗来纳州禁止同性恋婚姻公投前特别高涨。在公投前几个月,佩吉游说议员,又租下两个双面电子广告牌,支持同性婚姻。他的公司收到愤怒顾客的无数电子邮件、信件与电话。"我不会和公开支持性变态的公司做生意,"一位来自附近城市罗利的顾客在电邮里写道,"请把我从你们的邮件清单里删除。"另一位顾客认为佩吉的行为危及他的孩子的幸福。"我和老婆结婚 26 年,有 4 个女儿,"信里说,"其中一个女儿已经长大嫁人,生活幸福,我很担心随着同性恋生活模式的能见度与包容度越来越高,她可能会被引诱进入女同性恋的生活模式。"[41]

佩吉因为出柜以及公开支持同性婚姻,失去了与当地人做生意的机会。然而,自从有了网络,他店面的生意渐渐不重要了,店面只占 5% 的销售量,他所受的限制也比其他企业主少。"有一封信说我伤害了我的股东,"他说,"事实上,我就是我的股东。我只对我自己负责。"

恐惧渐减

随着立法通过,更重要的是随着时间推移,同性恋员工越来越不需要因为直接歧视以及歧视所造成的后果而心生恐惧。我目前面对的职场恐同故事,包括本章中许多故事,通常是个人的偏见,而不是整体歧视性的企业文化。持续性的、企业整体的骚扰案例会越来越少,剩下的是零星的不当行为。通常这些行为会让加害者难堪,而非受害者。但出柜仍会让 LGBT 员工的专业生涯增加变量;出柜也意味着他们得承认自己误导同事们,他们并没有展现真实的自己。有人问过我,出柜会不会给同事一个不信任你的理由?答案毫无疑问在于社会背景。有人在恐同的环境下长大,就如我的童年经历,在长大很久以后才出柜可能得到谅解。今天,随着社会的转变,我就不太确定。

出柜对企业的好处(特别是及早出柜),开始超越风险。这不表示恐同观念与异性恋偏见就不复存在了,有时候,恐同心态甚至有增长的趋势。比如在美国,从 1990 年中期起,针对同性恋的仇恨犯罪报案数增加了。[42]在法国,与 2007 年相比,认为社会应该接受同性恋为生活一部分的人数反而减少了。[43] 2013 年法国国会通过同性婚姻合法化法案后,针对男同性恋的仇恨犯罪报案数急剧增加。[44]企业高层仍缺乏 LGBT 员工,这显示 LGBT 职员的职业发展仍受到某些因素的限制。

我的第一手经验告诉我,近几年来世界各地的重大法律与社会变革,已创造了一个更具包容性的企业环境。但如本章所述,未来还有很长的路要走,我们不该以为正向的变革会永无止境地前进。历史显示,越是成功繁荣的社会,越能包容少数群体;但当社会遭遇困境时,少数群体就被当作替罪羊。捍卫、促进任何一个少数群体的权益,需要随时保持警觉,因为社会有时可以从历史灾难中得到教训,有时却不行。英国前首席犹太教拉比乔纳森·萨克斯(Jonathan Sacks)曾说,他担忧反犹主义卷土重来。"我曾经以为纳粹大屠杀已经根除了反犹主义;我以为每个人都可以听到奥斯威辛集中营的鬼魂在哭喊'惨剧不要重演'。现在我不太确定。我越来越觉得,如果我们不像雅各一样,与我们的天性与信念中的黑暗天使搏斗,将会发生更多悲剧。"[45]

今天,全世界的反犹事件数量正急剧增加。[46]也许反犹趋势和恐同之间没有关联,然而,看到从美国到法国、俄罗斯涌现恐同暴力事件,还是令人心寒。

至今还有国家把同性恋行为视为犯罪。这些国家提醒了我们,尽管在平权的路上已经走了很远,我们仍然还有很长的路要走。如果我们不继续鼓励包容,我们还可能倒退。如果我们继续努力(我相信我们正在努力),出柜的风险将会越来越小。社会变革的重要催化剂,是人们越来越认识到出柜对企业是件好事,这也是第五章的主题。

第五章　出柜是桩好生意

2013年6月2日,我在《金融时报》发表一篇社论支持同性恋婚姻,英国上议院将在隔天投票表决同性婚姻合法化。我支持这项法案,是出于身为一个务实的立法者、一个男同性恋者,同时是作为一个人的身份。但我支持它,也因为我是个生意人。[1]

企业很少对婚姻采取立场,但我在担任CEO期间学到一件事,任何一个能营造包容性的工作环境的政策,都对企业有好处。我在英国石油公司的前同事,现在是高级主管的保罗·里德(Paul Reed)说得很好:"我不希望有人省下四分之一的脑力只为了隐藏自己的身份,我希望他们所有的脑力都用在工作上。"[2]

包容性创造一个公平的竞争环境,最优秀的人自然会升到顶端。因此,对于每个想在全球市场中争取优秀员工的公司而言,尊重多元性取向与性别认同是策略重点。受到不公平待遇或感觉不被包容的少数族裔会选择去其他地方工作。越来越多的公司了解这一点,因此,他们对LGBT员工的权益提供越来越多的支持。

2008年11月,美国加利福尼亚州选民有机会公投8号提案,这个提案将取消两个同性别的人在加利福尼亚州结婚的权利。在投票前,只有4个大型企业与团体公开表达支持同性婚姻。[3]

2013年3月，当美国最高法院听取《婚姻保护法》与8号提案，共有278位雇主——其中包括超过200家企业——共同签署了一份法庭之友意见书，在意见书中表达对"婚姻平权"的支持。[4]

在这份文件中，包括苹果、花旗集团、微软、摩根士丹利、星巴克等公司表态："《婚姻保护法》完全没有促进团结；相反地，它要求雇主用不平等的方式对待与同性结婚的员工和与异性结婚的员工。"他们指出，企业表现取决于"员工的才能、士气与动力。"[5]

今天这些公司用行动表示，在今日社会鼓励包容性带来的好处，胜过失去反对LGBT平权者的风险。2012年1月，星巴克宣布支持同性婚姻"是我们的自我认同，也是我们企业价值的一部分。"[6]到了3月，为支持8号提案而成立的全国维护婚姻组织（NOM）发起了"倒掉星巴克"活动，呼吁成员抵制星巴克。NOM声称，星巴克"向每个有宗教信仰的人发起了文化战争"，星巴克的顾客是在资助"企业对婚姻的攻击"。[7]一周内，有1万人加入了NOM的脸书页面，超过2.3万人签署了该组织的在线请愿书。[8]一年后，星巴克在西雅图举办股东大会，一位愤怒的股东站起来发言。他认为星巴克支持同性婚姻造成了消费者抵制，因而在抵制后一季的营收"不尽如人意"。星巴克CEO霍华德·舒尔茨（Howard Schultz）回应："不是每个决定都是以经济为出发点的决策……我们这家企业雇用超过20万名员工，我们希望能拥抱多样性和各式各样的人。"在现场听众的欢呼声中，他给这位愤怒的股东几句临别赠言。"我很尊重地说，如果你可以找到比去年的38%获利更高的股票，这是个自由的国家，你可以把你的股票卖掉。"[9]

华尔街的领袖们也表达了他们的意见。2012年,高盛集团CEO劳埃德·布兰克费恩(Lloyd Blankfein)出现在一段支持同性婚姻的视频中。这部视频的制作群是美国最大的LGBT权益倡导团体——人权运动组织。布兰克费恩呼吁观众:"加入我和多数美国人支持婚姻平权的行列。"他后来承认,他的视频声明让高盛集团失去了至少一个大客户,因为该客户的领导阶层基于宗教理由反对他的立场。[10]

他继续在一连串的媒体曝光中讲述他的商业逻辑,显示失去一个客户的重要程度不如招募最顶尖人才。"我努力创造一个中立的工作环境,尽可能欢迎每一个人,"他在接受哥伦比亚广播新闻台采访时说,"其他公司也许会对有能力的人才抱着不友善的态度……他们正好给我们更多竞争优势。"[11]

多元性和包容性并不是同一件事。公司里光是有一定数量的员工来自多元背景,对公司并没有太大帮助,除非他们感到被接纳与重视。毋庸置疑,对LGBT的包容性又更加困难了一点。公司可以一眼看出员工或求职者是男是女、是亚洲人或拉丁裔,但谁是LGBT的一员,谁又不是,并不总是那么容易看得清楚。因此,公司支持平权与包容性的立场必须毫不含糊,这是非常重要的。在美国的一份调查中,大约80%的LGBT受访者表示,当他们在申请工作时,他们的未来雇主有LGBT平权与多元性政策是"非常重要"或"相当重要"的,而在英国,72%受访者的态度也相同。[12]

美国银行美林证券伦敦分公司执行董事朱莉亚·霍格特

(Julia Hoggett)回忆20世纪90年代中后期,在她出柜以前,她很重视公司有没有正确传达接纳包容的信息。她当时收到两家银行的聘书,她比较了薪水、训练课程、地点,她也评估了公开性取向是否会对自己造成风险。"其中一家公司的合约里有一条文字,基本意思是'我们不会因为性取向而解雇你',另一家公司则只字不提。"她回忆道,"另一家公司的合约内容,仅按法律要求按章办事;也就是说,你不能基于性别与种族给予歧视待遇。我选择为保护LGBT员工权益的公司工作,因为我觉得它的环境更能包容员工。一部分原因是因为,在当时的英国,即使法律还没有要求他们扩大保护范围,扩大到包含男女同性恋与跨性别员工时,他们已经想到这么做了。"[13]

因为这是一场人才争夺战,所以越来越多的财富500强企业将LGBT包容性视为必须政策而非一种选择。2002年,这些企业中有61%将性取向放进其企业政策中,只有3%包括性别认同。[14]到了2014年,91%禁止以性取向为理由的歧视,61%保护员工不因性别认同受歧视。[15]提供同性伴侣健康保险福利的公司数量也戏剧性地增加,同样在这段时间,数据从34%增加至67%。[16]

企业政策对于传达正确信息非常重要。我们可以测量、追踪政策实行的程度,在评估企业对同性恋员工的承诺时,我们有明确的基准。好的企业可以超越自身领域的法律框架,即使法律没有要求他们采取行动,他们还是可以推出有效的政策。任何公司想吸引各种背景的人才,这一点都是至关重要的。

人权运动组织深深了解这一点,所以在2002年推出企业平权指数(Corporate Equality Index, CEI)。人权运动组织列出了他们对美国公司如何对待LGBT员工与LGBT消费者的期许,接着他们以这些期许为基准,每年评估雇主。[17]

企业平权指数推行的第一年,在他们评估的公司中只有4%达到满分。[18]满分的公司包括英特尔、摩根大通集团和施乐。到了2011年,55%(共337家公司)已通过调整企业政策与福利系统而获得满分。[19]高分群的公司有些是传统上较保守的产业,其中包括矿产与金属大企业美国铝业公司,石油天然气企业英国石油公司、雪佛龙、壳牌石油。相较之下,2012年石油天然气大企业埃克森是史上第一个被评为负分的企业,这家公司在接下来的两年都是不及格的分数。[20]

企业平权指数这样的排名竞争,给了企业重要动力以进行变革。2005年,美国国防承包商雷神公司成为此领域第一个获得企业平权指数满分的公司。[21]雷神公司的成就获得各界广泛的赞美,特别是国防领域为男性、蓝领工作阶层所主导,传统上这种环境容易让LGBT员工感到格格不入。

一年后,雷神公司的3个竞争对手:波音、霍尼韦尔国际与诺斯罗普格鲁曼,都推动改革以追平分数。[22]

随着时间的推移,企业平权指数的要求愈发严格,以顺应社会对LGBT群体待遇的期待,因此企业不得不持续改善政策才能保持竞争力。这是好事,因为包容性需要持续的加强与监督。

许多公司的变革程度令人瞩目。肯塔基州路易斯维尔市是个保守的城市,当人们讨论LGBT包容性时,这不会是你脑海中冒出的第一个地方。酒业大亨百富门也同样不会是人们最容易联想的地方,这家公司旗下包括杰克丹尼和芬兰伏特加等品牌。但当它在 2009 年收到企业平权指数成绩单,发现只有 20 分时,百富门的高层注意到了这件事。百富门新上任的首席多元化官(chief diversity officer)是拉尔夫·查伯特(Ralph de Chabert),他密查公司的每一条政策,努力提高他们的得分。他还询问其他公司的多元性部门,向他们征求意见。

有人担心提供同性伴侣福利或补助变性手术,会给企业带来高昂的花费,他驳斥这些人的迷思。无论如何,这么多公司都在推动革新,问题变成"为什么我们不做"。

百富门成为肯塔基州第一个取得企业平权指数满分的公司。更重要的成就,发生在查伯特每天所见所闻的生活场景中。同性恋员工现在会带伴侣参加公司举办的活动;有些同性恋员工告诉他,他们感觉在公司所受的接纳程度比自家还高。这也反映在百富门的 LGBT 员工团体中。团体成员里支持平权的异性恋成员比 LGBT 成员人数更多。异性恋员工开始了解,他们需要同性恋同事的程度,不亚于同性恋同事需要他们的程度。

"员工待在衣柜里耗费的成本非常高,只是你看不到它对公司的影响而已,"查伯特说,"公司原本可以获得创造力、生产力与创新能力,现在却白白流失了。这就是影响。"[23]

隐性成本

我们几乎不可能用百分比数字来显示丧失的生产力,或者用几元几分来显示丧失的创造力。然而,有充分证据显示,如果员工无法自在地在职场出柜,公司必须付出沉重的代价。[24]

20世纪70年代早期,路易斯·扬(Louise Young)在俄克拉何马州一家大学教书。1975年,当学校行政人员发现她曾经去过一家女同性恋酒吧,他们决定不再续聘她。这个事件让她成为一位活动家。她很快就在得克萨斯州仪器公司找到软件工程师的新工作。1993年,她成立了得克萨斯州仪器公司的LGBT资源团体。1996年,她说服管理团队颁布一条反歧视政策,其中包含性取向。但是第二年,得克萨斯州仪器公司把航天国防部门(就是她工作的部门)卖给了雷神公司,雷神公司没有类似的政策。路易斯·扬再次在一个缺乏基本保障的环境下工作。

在2001年的一场企业多元性会议中,路易斯·扬代表LGBT资源团体出席发言,她决定讨论工作生产力。演讲厅的第一排坐满了雷神公司旗下各家子公司的总经理,她只有3分钟的演讲时间。她描述了自己发明的生产力指数,指出未出柜的员工为了隐藏性取向而造成10%的生产力损失。"我请各位在这次会议后回到自己的办公室,把门关上。接着请你把自己家人、特别是另一半的任何踪迹都抹除掉。把照片放进抽屉,拿掉结婚戒指。你不能开口聊你的家人,你们去哪里度假。如果你的配偶或伴侣生了重病,你不敢提到你们的关系,因为你怕被炒鱿鱼。以上每一项都要办到,然后看看你还能有多少生产力。"[25]雷神公司后来果然推动了包含性取向、性认同、性表现的反歧视政策,并且扩大同居伴侣福利与LGBT员工的平等福利。

未出柜的员工仍在与心中的恐惧进行拉锯战,然而,企业已做了许多变革,以减少恐惧产生的压力。今天,公认高乐氏公司是美国对 LGBT 最友善的企业之一。自 2006 年起，这家公司年年获得企业平权指数满分的佳绩。汤姆·约翰逊（Tom Johnson）从 1988 年开始在高乐氏公司工作，到现在担任会计主任。在这段时间里，高乐氏已历经许多变革。在当时，高乐氏的反歧视政策并未包括性取向，公司里没有 LGBT 员工支持团体，公司也没有将同居福利扩大到同性伴侣。约翰逊刚开始在高乐氏工作的时候，他不认识任何公开出柜的高级主管。他曾接受心理治疗，这才渐渐接受自己的性取向，但他无论如何没办法将私人生活与同事分享。"当时高乐氏公司的领导阶层还比较保守，"他回忆道，"没有任何迹象显示，出柜能对我的事业有任何正面的帮助。"[26]

在他晋升为财务副总裁后，他继续待在柜里长达 9 年。在这段时间，他还记得仿佛被困在自己身体里的感觉。他就像许多其他未出柜的同性恋员工一样对周末的生活点滴说谎，也不敢说出自己有个长期伴侣的事实。他避免问别人的私生活，因为他们会很自然地反问他。他特别害怕公司简报，因为他感觉自己在台上仿佛一丝不挂，非常在意自己的一举一动。"我不知道自己会给别人什么印象，所以我只会念稿，我在台上像块木头，"他说，"我负责企业并购，我希望能传达内心的热情，但事不如人愿。我没办法做真实的自己。"

高乐氏公司是一家价值数十亿美元的生活消费品公司，高乐氏鼓励员工从个人经验出发，建议公司推出什么样的新产品。约翰逊感觉自己好像穿着紧身衣，"我一直都先把想法过滤后才讲出来，我经常在担心'这样讲会不会让他们发现，我跟他们不一样?'"这种想法让他消耗了很多能量,因此压抑了很多有价值的点子。

因为有像约翰逊这样的故事,企业界开始越来越乐于采纳对同性恋者友善政策,把它视为一种提高生产力的方法。[27]当公司推出这类政策,它们也同时鼓励员工坦露自己的性取向。根据人才创新中心的统计,在提供同性伴侣健康保险福利的公司,有多达三分之二的LGBT员工愿意出柜;未提供类似福利的公司,仅一半LGBT员工愿意出柜。[28]2009年的一份问卷,询问未出柜员工为什么不愿意在职场上出柜,有将近五分之一的人明白指出,他们害怕因为自己的性取向或性别认同而被排斥。[29]

这份问卷也显示,出柜能减轻心理压力,也能改善员工健康。比如说,44%的未出柜LGBT员工表示在过去的12个月中感觉抑郁;相对之下,在职场上出柜的员工只有四分之一感到抑郁。[30]因此理所当然的,未出柜员工比较不满意自己的工作。在未出柜男同性恋当中,只有34%表示他们对自己升迁的速度感到满意;已出柜的男同性恋则有61%感到满意。[31]

跨国企业渣打银行CEO彼得·桑兹(Peter Sands)恰如其分地作了总结。他说,被困在衣柜里会"让个人悲惨,对企业有害。在这个世界里,商业成功的关键,在于解放人们的创造性能量与想象力;天生才智这么多,没有道理予以限制。"[32]事实证据都指向一个结论:如果人们可以在职场表现完整的自己,他们会感到更满意,工作更有生产力。

出柜不光是对个人有好处,也可以提升同事间的生产力。约翰逊说,当他躲在柜里,在他和自己带领的高乐氏团队之间仿佛筑起一道墙。"我感觉自己在隐瞒着什么事情,而别人也察觉到了,"他解释着当时难以让他人看见真实的自己,"这种回避和不真诚的态度,造成了某种程度的不信任感,让我的领导能力大打折扣。"

控制对照实验的结果,佐证了这些人的故事。加利福尼亚大学洛杉矶分校的心理学家发现证据支持他们的假说。当研究人员给受试者同样的工作,与公开身份的同性恋配对合作的受试者,比起与同性恋身份暧昧者合作,会有更好的表现。[33] 他们的结论认为:"不知道互动对象的身份,可能比知道身份更有损工作表现——即使这是个带有污名的身份。"[34]

支持 LGBT 平权的企业政策可以显露这家公司对待广大员工的态度。IBM 的 LGBT 多元性执行小组共同组长克劳迪娅·布兰伍蒂(Claudia Brind-Woody)告诉我一个从招聘人员那里听来的故事。这位招聘人员代表 IBM 参加一个针对许多知名商学院 LGBT 学生的 MBA(工商管理硕士)就业博览会。这一天,好几个亚裔女生到他的摊位拿公司简介。他注意到这些女生出现的频率高得不成比例,他叫住了其中一人。"你们不可能每个都是女同性恋者吧,到底是怎么回事?"他问。这位女生证实他的疑惑。"没错,我不是女同性恋者,但 LGBT 是你们最难切入的人群,如果你们能重视、包容 LGBT 员工,那么我知道你们也会包容亚裔和女性。"[35]

克劳迪娅的故事呼应了其他的案例。大多数的异性恋专业人士开始关心企业对待 LGBT 员工的态度,用这一点来评估未来的工作环境。[36] 许多人把 LGBT 员工的待遇视为企业重视多元性、包容性与创造力的指标。[37]

城市就像企业一样,如果整体氛围拥抱男女同性恋者,城市更能欣欣向荣。社会学家理查德·佛罗里达(Richard Florida)认为城市缺乏包容性,会造成经济上的负面后果,因为城市将无法吸引所谓的"创意阶级"。[38]经济上的成功仰赖对新观念与新人口敞开心胸。最有创新力、最有才能的工作者会聚集到多元与开放思想的地方。佛罗里达发现,如果我们想预测一个地区在高科技方面的成就,最有效的指标是同性恋人群的大小,甚至比外国出生的住民密度指标还有效。[39]美国同性恋伴侣密度最高的5个大都会,都是成就最高的地区。[40]他也发现,成长缓慢或零成长的地区(例如水牛城和路易斯维尔市),同性伴侣的密度也偏低。"明白地说,一个男人可以和男人牵着手走在街上的地方,大概也会是印度工程师,身上刺青的软件怪胎,外国出生的实业家感觉自在的地方,"佛罗里达写道,"当来自不同背景、出生地、态度的人可以碰撞出火花,击出经济全垒打的概率也会大增。"[41]

许多经济学家也在世界其他地方展开研究,探讨对同性恋的包容与经济表现的相关性。彼得森国际经济研究所所长马库斯·诺兰(Marcus Noland)发现,国家对男女同性恋者的态度与该国吸引海外投资的能力、国家债券的评比有高度相关。[42]他认为,国家对同性恋的态度可能是"社会对异己与改革之整体态度的一部分,特别是来自非传统源头的变革"。[43]海外投资者也可能将缺乏包容的态度联结至"不友善的官僚,更极端的情况下则是攻击外国企业设施或员工"。在另一所研究机构,政治科学家罗纳德·英格尔哈特(Ronald Inglehart)表示,对男女同性恋者的包容是检验先进社会的健康程度的最敏感指标,因为同性恋者通常是"在大多数社会里最不被喜欢的群体"。[44]换句话说,他把同性恋称为多元性的最后边界。

隐性污名

在英国石油公司的时候,我曾经以为待在柜里的生活,是帮助我训练培养解决非常复杂问题的能力。我可以像杂耍一样同时抛接那么多只球,保证它们彼此不接触。我活在两个自我封闭的世界,在少数时候两个世界不得不相互接触,我尽全力让两边各自回到轨道。要让双方归位,我得过滤自己说过的每句话以确保前后一致,还要小心留意他人对我的观感。

任何一个怀抱着可能暗藏危险的秘密长大的人,都会培养出类似的技能。心理学家认为,有些人带着的污名是可以隐藏的(包括强暴受害者、饮食失调症患者、贫民),这些人会极端小心地监督自己的社交环境,学习操纵自己的公开形象,以因应瞬息万变、难以预测的社会处境。[45]这也暗示着进入商业界的同性恋者有一套独特的技能,他们可以使用这些技能来帮助公司和自己的职业发展。

作家柯克·斯奈德(Kirk Snyder)在其著作《同性恋商数》中指出,身为边缘人的成长经验可能会培养出其他技能,包括适应力、创造力与直觉。[46]心理学家认为,当同性恋者违抗社会预期而拥抱自己的性取向之时,他们的观察力会随之提升。这样的经验迫使他们从很小的时候就开始不断思索自己的感受,也不断考虑别人的感受。从父母、手足到陌生人，每个人都可能会排斥他们。他们在种种情境下摸索前进，时时评估后果，最后会产生高度的自我警觉。[47]

与此同时，他们擅长阅读人们与情境。这种处理信息的能力，可能是身处反同性恋的暴力环境（或者自身设想的反同性恋暴力环境）下的适应机制。[48]精确指出威胁所在的能力，成为生存的必要条件。另外，寻找可能交往对象的漫长过程，可能打造了估量判断他人的能力。究竟谁是同性恋者，谁不是，并不总是那么明显可以一眼看出来。

同性恋者从种种磨难中锻炼出对周围的敏感度，这或许可以解释同性恋经理人显然特别能鼓舞员工。斯奈德花了超过5年的时间研究3000名以上的员工，发现与男同性恋经理人共事的员工，其工作满意度明显高于典型的美国员工。他很惊讶地发现，当全美各地工作满意度都在节节下降的时候，同性恋经理人带领的员工似乎如鱼得水。后续的研究与面谈显示，这些员工的心情并非反映经理人的性取向，而是某种领导风格。[49]

"因为同性恋经历过的人生体验，他们更能珍惜单亲妈妈，有色人种以及各种多元面貌，"他说，"我们的研究证实，他们更能激励人心，也更能专心地把每个员工当成单独的个人对待。"[50]

市　场

2008年，金宝汤公司希望能针对LGBT开发客户群，于是在美国发行量最高的同性恋杂志《倡议者》上刊登一则广告。这则广告在这年12月初次问世,广告主角是一对女同性恋伴侣与儿子一起用金宝产品史云生鸡汤准备晚餐。推广基本教义派基督教价值的右翼组织"美国家庭协会"表达了强烈的反对。美国家庭协会联络了协会电子邮件群组里的300万人,请他们写信给金宝汤公司的CEO,表达他们的愤怒。"金宝汤公司开始公开帮同性恋运动者推动他们的议程,"电子邮件里写道,"这个广告不只花了金宝汤一大笔钱,而且也透露出同性恋家长可以组成家庭且值得支持的信息。他们也默许了同性恋的全套议程。"[51]

美国家庭协会的活跃分子开始用负面评论轰炸金宝汤公司网站。他们说再也不会买金宝汤的东西了,而且会把已买的产品退回当地商店。金宝汤公司当时的CEO道格拉斯·科南(Douglas Conant)向他的首席多元化官罗莎琳·泰勒·欧尼尔(Rosalyn Taylor O'Neale)求教。她回忆当时给了他两个建议。

"第一件事,"她回忆道,"你要知道这件事也会过去。这个议题只会持续两到四个星期,时候到了他们就会去纠缠别人。等它自然消退吧。"她的第二点强调当初刊登这个广告对企业的重要性,"我们在《倡议者》登广告,因为我们要卖汤给同性恋人群,我们希望LGBT人群都买汤、饼干,还有我们所有其他产品。我们要向他们解释,我们也在西语裔和拉丁裔刊物、非洲裔刊物和女性刊物刊登广告。要登广告,本来就要登在消费者阅读的刊物上。"[52]金宝汤公司坚守自己的立场,成千上万的消费者写信来感谢他们,抗议最后终止了。

针对多元群体的营销策略,不管对什么企业来说都是非常重要的。企业如果要成长,就必须尽可能地接触更多新的消费者。

LGBT人群过去不被营销人员所重视，因此成为十分重要，也往往相当可观的市场机会。男女同性恋者的可支配开支在逐年上升。在2013年，美国LGBT市场的整体购买力，估计达到8300亿美元；[53] 2010年只有7430亿美元。[54]在英国，同性恋市场估计价值至少700亿英镑。[55]福特汽车前首席财务官艾伦·吉尔莫在描述福特针对同性恋人群的营销策略时，说过这段著名的话："我知道很多男女同性恋者都会买车。我只是要分到属于我的一杯特大号的羹。"[56]

每个人都打着同样的算盘。58%的LGBT成年人表示，如果有公司直接对他们营销，他们就比较可能购买这些公司的日用品与服务。他们的心声企业都听到了。[57]近年来，营销活动已从同性恋专属刊物转移到主流杂志，从同性恋专属电视台转到主流频道。

2012年，零售业巨头杰西潘尼百货聘用艾伦·德杰尼勒斯担任全国代言人。杰西潘尼的CEO在一场投资者简报会中称这个决定是更大改革的一部分，目的是让这家1902年成立的百年公司继续吸引年轻人。"我们不介意公司越来越老，"他说，"但我们介意越活越停滞。"接着，杰西潘尼推出父亲节广告，主角是一对男同性恋与他们的孩子玩耍。

美国第二大酿酒厂米勒康胜曾刊登一系列的纸本与电子广告宣传康胜淡啤酒，主角是年轻的同性伴侣彼此跳舞、触摸肢体，标题下方写着"出柜如此清爽"。服饰连锁公司GAP曾推出公路广告牌广告，主角是两个男人共穿一件T恤，标题是"结为一体"。

位于华盛顿特区的卫特康通信公司总裁兼创办人鲍伯·卫特(Bob Witeck)，专攻LGBT营销领域超过20年。他曾帮助美国航空与万豪国际集团等企业，拟定针对同性恋家庭的营销策略。他说，当公司推出针对同性恋消费者的广告的同时，也向广大市场表示，我们跟得上时代，思想的进步要与现代生活息息相关。对希望能吸引年轻消费者的企业来说，这一点是至关重要的。即使在最保守的社交圈里，年轻人仍比他们的父母更能接受LGBT人群。"他们想认识同性恋人群，"他提到现今的青少年和20多岁年轻人，"LGBT营销不只是影响5%~8%的人口，而是50%~75%希望能见识世界各地同性恋的一般大众，他们欢迎同性恋老师、同性恋好友或同性恋兄弟姊妹。"[58]

光是买下公路广告牌，贴上男同性恋的照片不会带来长久的影响。同性恋消费者也越来越能看穿吸引人的花招，相反地，他们希望见到对LGBT议题持续且真诚的使命感。这也是为什么人权运动组织在2006年推出"用消费支持职场平等指南"后立即大受欢迎。它用企业平权指数把公司企业分成3类。分类的目的是影响人们的购物决定，参考这份指南的消费者超过数百万名。"我们随时都接到读者来信告诉我们，他们依照消费者指南来做购物决策。"人权运动组织职场平等项目主任蒂娜·菲达斯(Deena Fidas)说："比如说，我和另一半在决定要买丰田汽车或其他品牌，我们最后选了丰田，因为他们在消费者指南上的分数比较高。"[59]

比尔·莫兰(Bill Moran)是美林证券的全国LGBT金融服务团队主任，这个团队专门负责满足同性恋人群退休与税务规划的不同需求。"这是个巨大的契机,"他说,"如果你观察每一个利基市场,只有这一个有独特的法律与税务考量,其他市场可没有。"[60]

异性恋财务顾问经常询问莫兰,希望能学习如何进入这个领域。"他们会说,'我一个异性恋男人打得进这个社群吗?'我的回答是,'当然,只要你用心。'如果你进这个领域的理由,只是为了这里的财富,那你是不会成功的。"

如本章所述,企业越来越注重包容 LGBT 人群。在企业董事会里,有越来越多的企业高管不但了解,也更重视吸引、支持 LGBT 员工的重要性。然而,如果我们假设每个企业都真心诚意或都出自善意,那就太天真了。企业并不是这么运作的,我们不该用人性的特征来描述企业。相反地,我们应该专注于那些推动变革的要素。

法律进展(例如美国最高法院推翻《婚姻保护法》的决定)会滋养动能。随着一个个领导者与员工分享他们的成功故事,并明确将成功故事联系到支持环境与时代变迁也会增加动能。然而,正面的故事与鼓舞人心的案例还不够,关心改革的人必须强调多元性对商业的好处。无论如何,将 LGBT 多元性与包容性联结至经济发展,是改革最重要的推手。

我认识跨国广告公关公司 WPP 集团 CEO 马丁·索瑞尔(Martin Sorrel)超过 20 年,我知道他个人支持 LGBT 平权。但他是个聪明的生意人,所以他也了解客户推动 LGBT 包容性的实际操作层面。"同性恋社群的经济能力已经强大到让人们会先深思熟虑而后再开口。而一旦他们开口,就会做出对的事情来,"他说,"我感觉,我们的环境的确变好了。"[61]

第六章　出柜的好处

以我自己为例,我的出柜过程是逆向的。在理想的状况下,我会先建立自信,将我的性取向告知我的朋友与同事。对话发生的地点应该离新闻镜头远远的,对话的内容也应该在我的掌控之中。接着,我会接受英国石油公司的新闻关系团队的建议,在充分控制的情况下公开身份。

相反地,新闻报纸先披露了我的身份。在媒体灾难过后,我才开始通过朋友与旁人的帮忙,建立我的内在力量。虽然环境条件不理想,却是塞翁失马,焉知非福。我长期以来努力分离的双重生活终于合而为一,我可以公开与我的伴侣同居。心理学家会说,我分离的人格已融合为单一、完整的个体。我用更简单的话来说——我的生活变简单了。几年后的今天还是有人会问我,如果我在事业早期就出柜,是不是还能升到 CEO 的位置。我的答案是"我不知道",我一直给自己借口避免说出实话。我以为无论在社交层面或专业层面,出柜都是不可接受的。我永远不会知道我的想法是真或假。

活在柜里带来的猜疑会让人心生不安,蒙蔽他们的判断力,让他们用超乎理性的夸张态度看待恐同玩笑或偏见。他们也会因此进行太过复杂的分析和准备,只为了找到职场上的完美一刻出柜——等到他们下次升迁;等到媒体在专心追逐其他新闻的时机;等找到完美的公开场合;或等到他们有了互相承诺的关系,可以给异性恋同事看看,他们的生活也没那么不同。

这太短视了。个人的环境条件会变,但永远不会有方便出柜的时间。伦敦临床心理师希里·哈里森(Siri Harrison)医师为金融服务业的未出柜男女同性恋者提供咨询服务。她见过许多已准备好在职场出柜,但难以决断的人,她在他们之间见到一个共同的模式。"感觉好像大家在等着某个他们不再焦虑和担忧,也不会觉得奇怪的时刻,"她说,"这是不可能发生的。"[1]因为男女同性恋者向来是边缘化的一群人,"出柜的过程通常都会激起焦虑与恐惧。"这些情绪是改变与不确定性的副产品。

考虑出柜的男女同性恋者必须在自己选择的时间出柜,他们也必须对自己的决定感到舒服且安全。同时,有个实际的态度是很重要的——不可能完全避免不舒服的感觉。然而,出柜提供了战胜不舒服感觉的机会。

"这样不是很惨吗?"

迈克·费尔德曼(Mike Feldman)在二十世纪七八十年代的纽约州郊区长大,他没有任何同性恋典范可供学习。"那时没有《威尔与格蕾丝》或《艾伦》,大众无时无刻不在对同性恋和艾滋病发表负面评论。"他说。当他7岁时,一对男同性恋者到费尔德曼家附近的一家餐厅用餐。"我母亲说:'这样不是很惨吗?'"他回忆道,"她非常天真,对同性恋一无所知。她的这句话烙在我心中很久很久。"[2]

到了20世纪90年代早期，20岁出头的费尔德曼在马里兰州的惠普工作，同事说的话更是尖锐。他记得有一次，有位同事讲到去加利福尼亚州旅行。"真是不可思议，"他回来时说，"每个人都是同性恋，而且穿着短裤上班。"

这类言论十分轻率，但没有恶意。费尔德曼把它们放在心里，在惠普的15年工作生涯，他继续在衣柜里度过。他当时告诉自己，他的个人生活与他的工作表现之间没有任何瓜葛，所以保持秘密是合情合理的。现在回想起来，他觉得害怕被同事所排斥的心理让他做出了这种决定，这股恐惧对他的日常生活造成了深远影响。他不愿与同事讨论个人生活，回答问题时也闪烁其词。他经常出差，同事会问他，谁来帮忙照顾他的金毛犬，他没有说他的伴侣会在家照顾，相反地，他回答说有朋友会照顾狗。他努力回避别人对他私生活的询问，因此他也从来不过问别人的私生活。

同事们看待他的方式开始分成两种。有些人觉得他很片面，很无聊，是个"只顾往上爬的事业狂"。其他人怀疑他可能是同性恋者，觉得他龟缩在自己的壳里很可怜，可怜后来慢慢变成了厌恶。"他们会想，'如果他瞒着这件事，或许他也在瞒着别的事情'，"他说，"我在四面八方都陷入了绝境，更无法建立任何人际关系。"

2001年，他向家人出柜，家人立刻接纳了他。2004年，他的公司换了位置，虽然他只是个主任，他的秘书不知怎样帮他弄到了一个角落办公室，这种办公室通常只保留给较高层的行政人员。为了庆祝搬迁,他带秘书去吃饭。几天后,秘书拜访他的公寓,当他提早送她回家时,秘书大发雷霆。"'你知道我喜欢你,而且你让我越陷越深。'她说。我不想伤她的心,所以我说:'佩姬,我是同性恋!'她说:'感谢老天!'"这不是对她个人的一种怠慢,她松了一口气。

与自己的秘书建立真诚的关系是个好开始,下一个转折点是费尔德曼所属部门的主管向员工提出季报的时候。这份季报包括财务状况与公司其他活动,其中包括公司将成为 LGBT 职场平等组织"职场出柜平等倡议者"的赞助商。"我从没有在投影片上看过'同性恋'这个词,"他回忆道,"我们主管的直属上司是公司 CEO,他是印度裔,他为 LGBT 社群做了这么多有目共睹的事情。我坐在现场,感到非常羞愧。"

费尔德曼与他的直接主管之间保持良好的工作关系超过 20 年,但主管的保守观念让他深感紧张。费尔德曼曾想当面告诉他实话,但他无论如何鼓不起勇气,于是他改发电子邮件给主管。"我说:'相信这是我该出柜的时候。也是我好好当个楷模的时候了。'"

4 个小时后,主管回应他。他清楚地表明,费尔德曼出柜不影响他在公司的地位,主管仍十分看重他对团队的贡献。他也希望费尔德曼回答一个问题:他想知道,为什么费尔德曼等了这么久才说出自己是同性恋者而且有另一半的事实。他还问费尔德曼,他是不是做了什么事或说了什么话让他感到不舒服。"现在当你出差时,我不会那么有罪恶感了,"主管写道,"因为我知道有人会照顾你的狗。"

通过电子邮件或信件出柜可以有重要的缓冲时空。一方面，出柜者有机会适应出柜这个决定的重要性，而不需立即处理任何负面反应。另一方面，接收信息的一方，特别是一些可能感到不舒服的人，可以在私下处理所有的情绪。

针对面对面沟通，特别是可能引发焦虑的交谈，哈里森医师建议咨询者列出两到三个重点。这些重点可以是"我是同性恋"、"这是我不能改变的事实"这么简单的几句话。哈里森相信，这样做可以帮助她的客户保持头脑清晰，而不致成为别人负面反应的"牺牲者"。出柜的人必须让对方用自己的方式做出反应，即使有时是不好的反应。如果任何一方需要离开冷静一下，两方就应该分开。两人之间不需要立即重建新关系。"针锋相对的对话可能会变成一个旋涡，情况变得复杂到出柜者自身无法好好思考，"哈里森说，"他们可能会结结巴巴，或以为自己讲了太多细节或讲得不够多。在第一次出柜时，尽量简单，这样你才能在不确定的环境下掌握好自己。"

费尔德曼没有遇到任何不友善的对话。他没有直接告诉他的属下，他选择在对话中自然提到他的伴侣。"他们很感谢我终于说出来了。"他说。他推倒了心中的高墙，开始建立更有意义的人际关系。他后来也在惠普连续获得三次升迁。脆弱与焦虑的感觉逐渐消失，取而代之的是对自己生活的掌控感，还有希望能在生活各个层面都坦然做自己的渴望。

2013 年，他与施乐 CEO 和 5 位企业高管面试。每场面试，他都谈到自己的伴侣。"我这么做，是因为我想测验他们的反应，"他说，"我想知道这家公司是不是个重视多元性的地方，这是不是我想加入的公司。他们的态度都很好，并不在意我有个伴侣。"几周后，他接受了资深副总裁的职位。不到6个月后，他被升为总裁。

"我们的苦难各不相同"

2011年6月，全球媒体已预告贝丝·布鲁克（Beth Brooke）是全世界最成功的女性企业家之一。她从1981年起加入安永公司，中间曾经短暂离职进入美国克林顿政府财政部。她后来重回安永，最后成为安永公共政策全球副总裁，掌管安永在140个国家的政策运营。在这些年里，她通过世界经济论坛和联合国宣传女性议题，《福布斯》在6个不同的场合将她列为全世界最有影响力的100位女性之一。在众多称誉之下，她希望"人们只看到她身为成功专业人士和成功领导者的那一面。"[3] 52岁的她，不希望人们知道她是女同性恋者。

在她的职业起步时，她曾嫁做人妇13年。身为离婚者，她一直有一层天然的掩蔽。"在职业生涯开始多年后，我才开始思考，'我确实过着同性恋的生活方式，而且现在我得刻意隐瞒。'"她说。[4] 即使如此，她觉得自己的私生活就是私生活，隐瞒应该不会对她的工作表现有任何影响。

2011年2月，安永事务所的LGBT员工资源团体"超越"的会长来找布鲁克，希望她能出面支持"特雷弗计划"。特雷弗计划是以避免年轻男女同性恋者、双性恋者或跨性别者自杀为目的而成立的非营利性组织。安永事务所的LGBT员工会在视频中短暂聊聊自己出柜后的生活有何改善。布鲁克记得自己搭飞机时读着她的脚本,里面把她描写成一位异性恋支持者。"我想,'我怎么能这么虚假?'我将要对着一群坐在家里,心中为自杀念头所苦的孩子说话,我却要告诉他们满篇谎话。我不会这么做。"她重写了自己的脚本。第二天,她将新的脚本交给提词机操作员,脚本里面写着:"我了解你的感受。我是同性恋者,而且我为这件事苦恼了很多年。我们的苦难各不相同,但我们都在苦难中挣扎。"

这段视频要到一个月后才面世,第二天早上,布鲁克将代表安永事务所接受特雷弗计划的颁奖。考虑到她在安永的职位,她预先通知了几个同事,告诉他们自己即将出柜。在她的获奖感言中,她谈到自己在视频中的角色。当她说到"身为一名同性恋领导者",全场观众起立鼓掌,长达5分钟。她停止演讲,开始擦泪。"在我的心中,我是个懦夫和伪善者,因为我在这辈子52年的生命,31年的职业生涯中,一直躲在衣柜里,"她现在这么说,"因为观众绝大多数是同性恋者或对同性恋者友善的人,我以为他们的反应会是:'所以呢,这些年你上哪儿去了?为什么你现在才突然觉悟讲出这件事?'我发现同性恋社群都知道,这是个人的独特经历,会给予尊重。每个人应该选在最适合自己的时间用自己的方式出柜。"

多元文化的典范

出柜是一件复杂而且私密的事情,没有什么规则可适用于所有人和所有情况。在伦敦出柜,风险也许是丢脸尴尬、恐同谩骂或企业关系损害;在莫斯科或坎帕拉出柜,风险则是肢体攻击与公开羞辱。

然而,在支持度相对较高的环境中的未出柜员工,他们出柜的后果很少有他们想象的那么糟。"人们应该跳出这种受害者心理,"汇丰银行资深银行家安东尼奥·西摩斯(Antonio Simoes)说。[5]他认为:"至少在英国这类国家,大多数人必须认清这种恐怖故事只是杞人忧天,不见得真的会发生在自己身上。"[6]

从2000年的夏天起,西摩斯就是出柜同性恋者,那时他还在伦敦高盛集团担任协理。在他从协理晋升到现在这个职位的期间,他逐渐将自己的性取向视为一种资产。他向高盛集团人力资源部出柜,讨论那年夏天他和伴侣在伦敦的住宿问题。那时高盛的支援人员中有几个公开身份的同性恋者,但西摩斯想不起来那时有任何一个公开身份的同性恋银行家。"突然间,我变成了银行界多样性的模范人物,"他说,"在商学院的多元文化活动中,我会被恭迎进场。企业在校园中的逻辑似乎是'看看我们多么酷、多么多元'。"随着大企业纷纷出现在LGBT招聘博览会上,他进一步相信出柜是正确的选择。企业不只是对同性恋员工敞开双手,更是积极吸引他们。

随着他的职业发展,西摩斯公开同性恋身份的决定至少对他产生了三种好处。第一,公开自己的性取向提高了他的个人声望。因为有人会对出柜持负面看法,所以"大家会觉得我够聪明,表现也够好,所以不需要担心任何负面后果。"第二,当西摩斯成为顾问公司麦肯锡(McKinsey)的组长时,员工们认为他的出柜增加了某种"酷元素"。他是伦敦分公司唯一出柜的合伙人，也成为唯一赞助员工资源团体"麦肯锡男女同性恋"的企业高管。"我现在的先生和我一起参加所有活动，所以我公开得明明白白。"他说。这让同事们感觉西摩斯是个轻松好相处的人，因此人际互动更为顺畅。

最后，西摩斯相信他的真诚可以抹平同事间的障碍。"大家相信我，因为其他人认为不那么容易处理的事情，我却能理性而坦率地处理。"他说。有些领导者会聊他们的5岁小孩和太太，西摩斯会聊他的先生和他们养的狗，"当有人想问你太太，你却回避问题，你多少有种惭愧的感觉。你对自己不满意，别人能察觉得到。"

我知道，未出柜的员工往往相信出柜会让他们无法爬到金字塔顶端，西摩斯似乎打破了这个迷思。几十年来，大家都认为银行界充满了汲汲于踩着别人往上爬的男性，但世界在变，银行界也在变。"我们不再接受恐同行为，"当他提到年轻一代时这么说，"事情正好相反。我认识的大多数银行家还会特地来告诉我，他们多么能接受我的性取向。"

我曾经以为，随着我在英国石油公司的职位越高，出柜的危险性就越高；因为越是高阶的位置，社会能见度就越大。我现在发现事实刚好相反。"有时如果你无法对个人私生活的某些部分开诚布公，将会是严重的负累，"西摩斯说，"'我的私生活是私生活''我的职场生活是职场生活'，这种事是不存在的。大家不会信任你，甚至可能会拿来当作攻击你的理由。"

女同性恋者也有类似的经验。卡罗尔·卡梅伦（Carole Cameron)是加利福尼亚州森尼维尔镇航空业大厂洛克希德马丁的机械工程高级经理。当她在20世纪90年代早期加入这家公司时,在那里工作的朋友建议她把小卡车上的彩虹贴纸拿掉,低调行事,以免被攻击。但她说,入柜要花太多精力,她无法办到。相反,她没有对外貌做任何改变,穿着男性服装上班。她获得了6次晋升机会。"也许当你身为公开的同性恋者,会有压力要求你表现更好,"她说,"如果我表现得普通,可能会被人歧视也不一定。"[7]

心理研究显示,当提到同性恋时,大多数人会联想到男同性恋者而非女同性恋者。[8]因此,男同性恋者可能比女同性恋者更容易遭受同性恋相关的刻板印象与污名。异性恋男性似乎比较容易与女同性恋者交谈,而不容易和男同性恋者做朋友。[9]虽然卡梅伦的经验不能套用在所有女同性恋者身上,她相信在以男性为主的产业里出柜,事实上帮助了她与异性恋男同事建立关系。"我这辈子,异性恋男性都很信任我,"她说,"他们感觉非常安全。很多人因为竞争与压力,不会告诉其他男性自己的想法或感觉。此外,他们不愿意与异性恋女性讲话,因为有异性相吸的可能。"

出柜同时也阻断了不请自来的性邀约。美国银行美林证券的朱莉亚·霍格特这样形容:"有些男性,但不是全部,在职场与女性互动时,可能会让人感觉他们的意图在于测试她们是秘书、同事或未来女友。几乎在任何环境下,特别在需要长时间工作的产业里,当你把很多人放在同一个地方工作,这是自然会发生的事。身为公开同性恋的最大好处,就是从来不会面对这类问题。

你和男同事的关系,从一开始就是公事公办。我与男同事的关系通常都比较轻松、比较直接,友情也比较真诚,因为两人之间没有暧昧。说也奇怪,我感觉身为公开同性恋不但没有让我吃苦,事实上反而让生活更轻松了。"[10]

出柜也让人更容易迈出第一步。据说有少数(但越来越多)的异性恋商学院学生,在招聘者面前表现出 LGBT 的样子,因为他们认为这样可以利用同性恋的优势。伊凡·马索(Ivan Massow)是位创业家,致力于创造英国的 LGBT 金融服务市场,他很了解为什么学生会这么做。"针对同性恋学生和同性恋求职者的博览会比较多。他们有更多机会受邀到高盛的 LGBT 日,与高盛的合伙人面对面谈话。他们去参加见面会,与一个可能是同性恋的好男人交流,然后快速地建立亲密感。他们能够建立关系,能被面试官记得,能获得回拨电话或写电子邮件的权利。如果你来自平平凡凡的背景,与所有其他男孩、女孩竞争时,上面每件事情都要难得多。当你必须参加激烈竞争时,这确实是个优势。"[11]

跨性别的禁忌

2002 年,马克·斯通普(Mark Stumpp)在位于新泽西州纽华克的保德信金融集团子公司——量化管理咨询公司担任投资总监。斯通普管理 35 名员工,同时代表退休基金与投资者管理 320 亿美元的资产。有一天,当 49 岁的斯通普与公司联合创始人讨论研究内容时,提到他将做变性手术,改名为玛姬。尽管斯通普的老板在微笑,但这个消息显然让他震惊不已。"他说:'玛姬，我们爱你，无论你想做什么都没关系。'"斯通普说，"然后他像卡通里的哔哔鸟一样夺门而出，跑到酒吧去。那天后半天我都没有再看到他。"[12]

这个别扭的对话是斯通普一辈子忧心的最高点。从斯通普小时候，她一直都想当女孩。她上天主教学校，三年级的时候被父母发现她穿女生衣服。他们从没讨论过这件事。当她长大，斯通普会上图书馆找有没有书籍能解释自己的内心世界，结果一本都找不到。20 世纪 80 年代早期，治疗师告诉斯通普，她不是跨性别者，她是拒绝接受自己的男同性恋者。但随着时间过去，她渐渐在网球选手蕾妮·理查兹（Renée Richards）与历史学家兼旅行作家珍·莫里斯（Jan Morris）等跨性别模范人物中找到了自己的形象。

接受自己的处境，与直面它是两回事。"这个题目太禁忌，只要你一提起，别人就把你当成乱吼乱叫的疯子。"她说。她听过许多在工作期间变性的跨性别员工，其中大多数最后都被解雇了。斯通普与自己作了个约定，她要赚更多的钱，离开保德信金融集团退休后再变性。与此同时，她得忍受心中的不满与压力。

2001 年 9 月 11 日，恐怖分子攻击世贸中心的事件改变了她的观点。"人们在这天醒来，出门上班，没有再回家。我改变了我的人生道路，我原本计划在退休后做的事情，变成必须越快行动越好。"

斯通普对自己的未来不乐观。她想，在最好的情况下，主管们会留她 5 年，最后悄悄地把她扫地出门。他们心胸开明，但无从选择，投资管理这一行是建立在信任上的。"如果对你的稳定性存疑,没有人会把上亿的金钱交给你投资,"她说,"我很担心,如果公司的投资总监个人要作出这种改变,客户可能会把我们视为危险的企业。"

斯通普这样想着,于是决定将自己的变性决定作为公务议题看待。在与联合创始人讨论后几天,她与同事拟定了一份计划,她提议把直接面对客户的工作交给别人,自己退居幕后多做研究。她清楚的未来计划,让她的资深同事们松了一口气。当斯通普离开几个星期接受手术时,公司联合创始人找来斯通普团队的所有成员,向他们解释她的转变。在她还在医院恢复时,他已为她回来的那一天作好了准备。

斯通普的变性过程十分特别,不光是因为她在公司的职位。在那个时代,绝大多数的跨性别员工都会离职后变性,再到新的地点以新的身份重新出发。斯通普的转变不光是影响了自己,也影响了她的同事。

她与双性恋、男女同性恋员工不同,她的出柜不是发生在一夜之间。斯通普必须与法律、营销团队合作,更改法律文件与共同基金说明书上的名字。因为投资管理界受到高度管制,她的转变必须通知所有客户。绝大多数的客户毫不在乎,他们很高兴斯通普让他们的资产增加,没必要因为她个人生活的改变而找别家公司。有些客户要求与她见面。"他们想盯着我的眼睛,确定我没有精神错乱。"她说。

也许最大的一场试验,来自一个投资机构——他们要求先与她会面,再更新合约。"他们不想在他们的办公室与我会面,因为担心我看起来会像个穿洋装的卡车司机。"她回忆道。所以斯通普和他们约在一家牛排餐厅见面。当她抵达,一桌男人立刻开始喝酒。显然他们仍有默契,即使斯通普穿的是女装而非西装。"喝过几轮酒后,坐在我隔壁的男士侧身过来说:'你知道吗,以男生的眼光看,你看起来还不差。'我们那天很开心,这段关系得以延续。"

这段关系更是卓有成效。在接下来的 10 年中,斯通普管理的资产从 320 亿美元增长至超过 1000 亿美元。客户本来可以移到别处投资,但他们决定把资金持续投入保德信。"有些人认为变性会让公司陷入风险或让顾客不自在,我的经验打破了这个迷思,"斯通普说,她现在是保德信的资深顾问,"无论何时我和投资机构见面,他们都想知道我们现在的工作内容。变性这整件事连附注都谈不上。"

并非人人都是异性恋

我很清楚地知道,LGBT 员工不愿出柜的一个重要原因,是害怕冒犯他们的同事。人权运动组织 2009 年的一份报告发现,未出柜的受访者中有一半表示他们担心出柜会让别人感觉不舒服。[13]24% 的人相信,他们的同事会认为透露性取向或性别认同是不专业的;三分之二的人表示,他们的性取向"和别人无关"。[14]许多 LGBT 人士因为担心会吓跑朋友和同事,选择避免在各种情境下以真面目示人。无论何时,只要他们回避关于私生活的问题,或隐藏关于自己的重要细节,他们都在为了他人的舒适而牺牲自己的舒适。

他们有这种想法是很不幸的,我以前也这样想。在某些场合,讨论同性恋仍会让人皱眉,而讨论异性恋不会。异性恋宣告自己性取向的频率之高,很多人浑然不觉。他们宣告性取向的方式,包括讨论自己的先生和太太,在办公室放结婚照片,带着另一半出席公务活动。当杰夫谈到他的太太安娜时,大家不会想到性取向。但是当迈克谈到他的伴侣路克时,同样的听众里却可能会有人认为迈克讨论自己的性取向十分不恰当。

这种想法的来源,是许多人假设大家都是异性恋。出柜永远不会毕其功于一役。身为公众人物的好处之一,是你很少需要出柜超过一次。然而,对大多数公开身份的同性恋员工来说,当他们认识新客户或新同事的时候,他们不得不一次又一次出柜。

抵抗走回衣柜的诱惑是很重要的。霍格特的规则很简单:如果有同事或客户公开自己是异性恋,她就公开自己是女同性恋者。"如果有人告诉我,'我们回家时,小孩踢完足球一身脏,我太太因此有点不高兴',我也会和他聊我的情况,我和我的家人也有类似的经验,"她说,"不时会碰到有人说,'为什么你要告诉我这件事?'我说,'因为你对我说了一样的事情啊。'我碰到过的许多人从没从这个角度想过这件事,但我相信对大多数的同性恋者来说,感觉确实是这样的。"[15]

霍格特既有想法也有自信。她不是在乞求别人的认可,就如同异性恋男人在讨论自己的太太时,也并没有要旁人认可的意思,她不过是分享信息而已。她的异性恋同事在屏幕保护程序和桌面放了孩子的照片,她也照办。这么做可以让她与陌生人开启对话,讨论起她的家庭。性取向不单单是性事,而是关于一个人与谁,并且用什么样的方式共度人生。这么做,意味着同性恋员工可以掌握自己的身份。他们不再因害怕被发现而畏缩,相反地,他们用自己的方式分享自己私生活的点滴片段。

罗莎琳·泰勒·欧尼尔是纽约市的一位多元文化顾问。她相信,在她咨询的任何工作场合,她的职责是为 LGBT 人士创造安全感。当她第一次与新客户或新同事谈话时,她一定会提到她的太太,让他们"有机会消化新信息,知道有些女生有太太,而有些男生有先生"。[16]

她不在乎自己是否听起来像是个好斗的同运人士,她对出柜的使命感来自至少两次经验。第一是她的成长背景,是在 20 世纪 50 年代公共厕所还保持种族隔离的美国南方。她的一位姨妈"伪装成白人",她只允许欧尼尔和她妈妈在入夜后上门拜访,不然邻居会看到非裔美国人进到她家里。她太害怕黑人身份被公开,她连自己亲姐姐的葬礼都不敢参加。"当你说了一个谎,就得说另一个谎,最后你会说无数个谎,太疯狂了,"她说,"我知道,我永远都不想'伪装'成一个不是我自己的人。在种族上,我永远办不到,在性取向上,我也不打算这么做。"

另一个经验是在 20 世纪 80 年代后期,她面试一个掌管多元文化的工作。面试时,欧尼尔穿着一套三件式西装与男式领带,顶着一头黑人短发。"我全身上下都透露着信息,只差没穿上写着'我是女同性恋者'的上衣,所以我认为她了解我的信息。"她说。在她开始工作并向同事出柜后不久,她和上司发生了摩擦。"'我要开除你'。"她回忆道。她的主管是公司的平权计划主持人。"她的意思非常明确:你可以用黑人的身份提倡'尊重差异',但用女同性恋者的身份就不行。"欧尼尔后来走出一条成功的专业之路,她的上司则没有。后来她才知道,上司自己就是个未出柜的同性恋者。

出柜往往感觉风险很大,但欧尼尔无论何时何地都乐于出柜。她回忆起自己曾受邀到米兰的一所知名国际企业,讲授一堂关于下意识偏见的课程。当她走进教室,听众见到她是黑人,他们听到她是美国人,他们见到她是个女人。有人问她是何时来到意大利的。"现在是我得出柜的时候了。"她对自己说。在几秒钟内,她评估了一下环境,衡量后果,发现没有人身安全的危险。"我说:'我太太和我是星期二到的。'"当她会见新客户,与人共乘飞机时,她在心里做着类似的计算。她喜欢找到她和别人的共同点,无论结果是什么。"我有没有因此失去客户?有的。我会不会介意?当然不会。"

出柜在经营客户关系上不见得只带来风险,出柜也产生机会。IBM副总裁兼知识产权授权总经理克劳迪娅·布兰伍蒂对此有第一手经验。"我曾经因为出柜,让我和客户之间更增加信任,案子完成得更迅速。在任何谈判中,信任是一切的基础。"[17]

她说,她的职员必须要先反映真实世界,才能服务真实世界的客户。如果一家公司预设所有的客户都是异性恋,它有5%~10%的机会猜错。她回忆一位同性恋同事与一位长期客户的经验。随着这段商业关系的发展,客户的男性代表开始讨论起小孩和嗜好等个人话题来。"我们的同性恋业务员挣扎着要不要出柜。他终于鼓起勇气迈出去。他向客户出柜,对方说:'真的吗?我也是。我们可以不要再去看橄榄球赛,改去看电影好吗?'"

即使在日本

我是在一场企业高管与英国首相卡梅伦的会议中,第一次和米兰达·柯蒂斯(Miranda Curtis)合作,我们担任这场会议的共同主席。我很清楚感觉,她是个经验丰富的商界人士。在过去的20年里,她为世界最大的国际宽带网络公司自由媒体集团(Liberty Media)建立并管理国际关系,她住在伦敦,每个月至少一次到东京出差,监督日本最大的宽带网络公司J:Com的成立与后来的并购案。2010年,自由媒体集团将持股卖出,赚进了40亿美元。

柯蒂斯一向对自己的性取向保持低调,无论在国内或国外。她不会主动提到这方面的话题,但如果有人问起,她也不会说谎。在日本,她与同事们共享过无数次晚餐,但由于日本商界的习惯,从没人讨论过配偶或伴侣。日本商务人士喜欢谈他们的孩子、他们的兴趣和他们的宠物,很少提到自己的太太。在这种环境下,柯蒂斯经常谈到她与伴侣在英国乡间养的一群羊驼。"我讲到我的伴侣,他们觉得我的意思是照顾羊驼的人。"她说。[18]

最终纸包不住火。在他们公司准备上市时,她的同事把年度大会选在一个特别不方便的日子。这天正好与柯蒂斯的民事伴侣(civil partnership)典礼和庆祝假期相冲突。柯蒂斯从未错过任何一次大会,这是第一次。她没有解释原因。当她下次去日本时,她与日本同事共进晚餐,同事们显然还记得她无故缺席的事情。"他们看着我说:'米兰达桑,你有戴戒指。这是一只意义重大的戒指吗?'"柯蒂斯说没错。"那这只戒指是代表开心的意义吗？"她说是的。他们没有继续问她是不是"结婚了"，但前后话语脉络很清楚。他们真诚的回应也很清楚："我们很为你开心。"

同事的默许让柯蒂斯鼓起勇气告诉她70多岁的资深顾问。她邀请顾问夫妇与她的伴侣一同晚餐，她的伴侣正好来东京玩。他问，一起来吃饭的女生是不是柯蒂斯的终身伴侣。"我说是的。"她回忆道，"他说这是他的荣幸，很高兴受邀。"他和他太太后来还拜访了柯蒂斯和伴侣在英国乡间的农场。

每个人在公众面前表露自己性取向的方式各有不同，反映了LGBT世界中形形色色的个性。有些人相对注重隐私，像柯蒂斯，其他人则坦率得多。重要的是，人们在处理性取向议题时，必须感觉舒服且安全。即使是比较自我防备的人，你还是可以展现自信。"我从不否认我的身份，但当我在公务同事面前时，我的性取向并不是我展露的第一个元素，"柯蒂斯说，"他们认为我是个称职的同事，也是团队的好成员。如果你能先建立这样的形象，私生活如何就没那么要紧了。"

刻板印象

数十年来，我一直相信出柜在社交上是不被允许的，我担心同性恋的负面刻板印象会掩盖真实的自己。我确定，当我待在衣柜里，确实让一些人少了攻讦我的理由。然而，我现在觉得这些人其实没那么重要。

当我回避一种刻板印象的同时，我变成了另一种刻板印象：未出柜同性恋的刻板印象。我有个强势的母亲，还有个位高权重的工作。我的朋友圈里几乎只有异性恋者,我的工作时间远超过休闲时间。从早上起床到晚上就寝,我每天每一时刻都早早排进时间表里,有时早在好几个月前就安排好了。观察入微的人(英国石油公司有很多这种人)会早早看透我:一个害怕到不敢出柜的男同性恋者,借着埋头工作以逃避个人生活的挫败和寂寞。

现在回头看,我知道我重视的朋友们并不在乎我是不是同性恋者。但他们同情我肩负着沉重压力,即使他们不见得知道那压力究竟是什么。我最近一次到旧金山,与老友吉妮·萨维奇谈天,她在数十年前就感受到了我内心的纠结。"你以前是个谨慎到不可思议的人,"她回忆道,"没有人知道要怎么打动你,因为你非常注重隐私。"[19] 她和其他朋友得小心翼翼。我们回避着我的性取向的话题,从没正面讨论过。大家都很累,不光是我而已。

身为英国石油公司 CEO,我可以做很多很多事。我可以随时保持忙碌,将我的挫折感导入公司的运营里。但你再怎么分散紧张与焦虑,也只能到一定的程度。在我工作后期,我感觉这些负面情绪再次回到了身边。如果我还待在衣柜内,我仍旧会是那个不完整、不满足的人。自从我出柜后,我的友情(无论是新旧朋友)大大增长了。我和我最尊重、钟爱的伴侣之间的关系也提升了。这是我这辈子最大的快乐,否则,我的人生是不完整的。

出柜并不表示你的人生就会充满和平宁静,你仍会遇见让你感到不舒服的人,你仍然必须作出艰难的选择,你仍会面对或大或小、或重要或琐碎的挑战。然而,我出柜的经验告诉我,你会更有能力处理这些事情。

第七章　意见领袖与偶像

利特尔 & 布朗出版集团伦敦办公室编辑大卫·谢利（David Shelley）从不曾在职场上隐藏性取向。问他有没有因为自己的性取向而造成任何困境，他绞尽脑汁也想不出来。在他记忆所及的范围里，他从不曾因为同性恋身份而失去升迁的机会。他从没在办公室听过恐同的辱骂，他的同事也没有因为尴尬而避开不聊他私生活的细节。他建立了成功的职业生涯，在这个过程中，他成功赢得了大家的信任，让他有机会与包括 J. K. 罗琳（J. K. Rowling）等世界最畅销的作家合作。"我在这个行业工作 15 年了，我记忆里一个不愉快的反应也没有，"他说，"事实上是连什么反应都没有。大家把这件事看作正常生活的一部分。"[1]

出版业似乎特别能接受各人的性取向，谢利的经验不是特例。2013 年，在英国少数公开同性恋身份的 CEO 中，就有两人是大型图书零售商总裁。[2]

在美国，《绅士季刊》《纽约》《新共和》等杂志社都有男同性恋编辑坐镇。一般认为新闻报业比较保守，然而，身为公开男同性恋者的盖伊·布莱克（Guy Black）是位于伦敦的电讯媒体集团执行董事，他说："我认识英国报业里绝大多数资深同性恋者，我感受不到任何反同的态度或敌意。我觉得这件事已经不再是问题了。"[3]

同样的情形似乎也出现在数字媒体界。2004年,托马斯·根斯莫(Thomas Gensemer)共同创办了蓝州数码。在2008年美国总统选举期间,蓝州数码担任奥巴马团队的宣传总军师,推出了大规模的数字媒体策略,无论广度与深度都是前所未有的。根斯莫从一开始就是公开身份的同性恋者。他说,数字新创公司充满了年轻人,他们帮助孕育了一个充满包容性的环境。"这个环境带来了透明度和更放松的工作环境,"他说,"以前大家会躲在衣柜里,因为他们觉得出柜会限制他们的职业生涯。今天则恰恰相反。躲在衣柜里,会让人质疑你的人格。"[4]

在出版界与媒体界,大家不再对员工的性取向大惊小怪,也不再把它视为个人能力的指标。在这个领域里,男女同性恋者得到广泛的接受,因此产生了两个结果。第一,同性恋的能见度提升,因为同性恋者可以自在地进入这个领域工作。第二,同性恋者更不愿意压抑真实的自己。他们可以见到其他成功的同性恋者,因此对出柜感到自在。当公开身份的同性恋员工达到临界数量,就会开始良性循环。

在多元文化与包容性方面,媒体是商界独特的一角。但是在商界的许多领域,以及社会的许多其他角落,陈旧的态度仍然根深蒂固。其他领域LGBT员工的挣扎与成功故事,也许能给商界同性恋者上一堂重要的课。

体育、政治与法律界的教训特别鲜明。这些领域提供了独一无二的平台,可以影响大众观感或制定公共政策。如果社会要更包容,更能接纳多元文化,这些领域必须做好榜样,拥抱那些与主流不同的人。

专业体育与政界代表了光谱的两端。没有几个领域的LGBT人群能见度能比商界还低，体育界是其中之一。一般认为体育界弥漫着恐同心态，团队运动又比个人竞技更明显。商界团队靠合作达成共同目标，运动团队也一样。如果有一个成员是同性恋者，可能会被队员认为是凝聚力的障碍。另一方面，政界在过去30年内发生了巨大的进步，只要同性恋政治人物诚实面对自己的性取向，大众越来越能接受他们。进步发生在各个层级，有时发生在令人意想不到的地方。

政　治

当贾斯汀·切尼特（Justin Chenette）在2012年宣布竞选缅因州议会代表时，他还是个21岁的大学生。他知道在全国各地的选举里，反对者总是会用性取向作为选举话题。他也知道同性恋婚姻将会进行公投，可能会引发恐同评论。即使如此，他从没考虑过躲在衣柜里。"我了解，我必须直接坦白，"他说，"我想与其让信息控制我，不如主动控制信息。"[5]

随着选举逼近，有心人士把他的选举海报移到市区显眼的地方，在上面用喷漆喷了"同性恋"字眼。他以沉默来回应。他赢得了60%的选票，成为美国选举史上最年轻的公开同性恋身份的民选议员。出柜也许让他的选举之路增加一些障碍，但他相信坦诚是比躲藏更有效的策略。"在政界与商界，信任是非常重要的，"他说，"如果因为你隐瞒着某些信息，让别人不能相信你，大家是可以感觉出来的。"

在我的成长阶段，我很确定无论是什么年纪的公开身份同性恋者都不可能取得公职。今天，切尼特的胜选显示政界的每个层级都出现了革新。从英国到波兰，从美国到意大利，越来越多的男女同性恋者进入公职服务。在美国，从学校董事会到总统，选举产生的公职共超过 50 万个。1991 年，LGBT 只占 49 个职位。到了 2013 年 10 月，同性者恋中担任公职的人数增加了 11 倍。[6] 进步正在最高的层级发生。2003 年，美国国会只有 3 名公开身份的同性恋议员，10 年后，LGBT 议员多达 7 位，包括第一位公开同性恋身份的威斯康辛州参议员塔米·鲍德温（Tammy Baldwin），和第一位公开双性恋身份的女议员克丝汀·希娜玛（Kyrsten Sinema）。[7] 冰岛和比利时都曾任命同性恋首相，德国曾任命同性恋外交部长；更令人惊讶的是，罗萨里奥·克罗切塔（Rosario Crocetta）成为西西里第一位公开同性恋身份的省长。他胜选成功的关键因素，是他在担任一座海边小城市的市长任内，大力扫荡黑手党，建立了声誉。他接受《华盛顿邮报》访问时，承认自己让大家跌破眼镜。"我是同性恋者，我认为这是上帝给的礼物，而且我毫不隐瞒这一点！"他说，"我能站在这里，几乎是想都想不到的奇迹。"[8] 最近几年，从加拿大到爱尔兰、新西兰，许多国家的国会都迎来更多 LGBT 成员。[9]

1996 年底，英国下议院只有一位公开身份的同性恋议员，然而，到了 2013 年底，同性恋议员人数增加到 24 人，[10] 相当于下议院总人数的 3.5%。[11] 这是个重大的转折。

然而，进步的进度有快有慢。2010 年，英国高级内阁大臣大卫·洛斯（David Laws）被发现他为了隐瞒自己和另一位男性的关系，违反了住宿补助法的精神，他因此引咎辞职。[12] 呼应着我自己的故事，洛斯努力躲在衣柜里，最终的结果是害自己丢了工作。[13]

政治建立在信任上。如果政治人物能呈现真实的自己，就更容易取得选民的信任。从短期来看，隐瞒性取向也许能给一些不愿公开出柜的人某种程度的安全感。从长远来看，若公众人物长期隐瞒性取向，一旦被揭露，造成的伤害也许比从开始就坦承还大。政治人物若想成功，不应把自己塑造成同性恋候选人的形象，而是一位普通候选人又正好身为同性恋，这样选民关心的焦点就不会集中在性取向上。

克劳斯·沃维莱特（Klaus Wowereit）在2001年当选柏林市长，早在他加入市长选战前，就熟知这一点。他在1995年当选为市议员，随着他在柏林政界的位阶逐渐升高，他也一步一步地向众人出柜。在这个过程中，他一点一点告知同事与重要记者，因此他避免了戏剧化的踢爆大会。"我想，'逐步出柜'是个正确的策略。"他说，"你没有隐藏任何事情，但你也没有引起太多注意。消息最终会传出去，每个人都会知道。"[14]

然而，现实环境迫使他加速出柜的脚步。2001年6月，绝大多数的民众不知道德国社会民主党的沃维莱特是同性恋者。在柏林市联合政府解散后，他意外地被任命为代理市长。随着10月市长选举接近，民调显示他居于领先地位。

"我得决定该怎么处理我的同性恋倾向，"他说，"我真实的想法是，这是我的私事。从另一方面想，被八卦小报强迫曝光似乎是最糟糕的选择。如果我不想陷入麻烦，就得主动出击。"

沃维莱特告知社会民主党他的同性恋身份,并且警告党团,他的性取向可能会成为选战议题。后来媒体得知他对社会民主党的发言,记者开始追逐他。"我对自己说,'这是你的人生,你没有做错事,你不需为自己找理由。他们不会用这个当理由攻击你。'"他决定在柏林的党员大会上公开发言,宣告"Ich bin schwul, und das ist auch gut so",这句话的翻译是"我是同性恋,这样也很好",成为德国各地政治集会的流行口号。

沃维莱特的反对者曾试图以他的性取向为理由,攻击他的诚信。保守派的德国基督教民主联盟市长候选人说,沃维莱特代表了"扭曲的人格",暗示他的性取向有损其可信度,特别是在与家庭有关的议题上。[15]这种说法无法影响选民。当他们承认沃维莱特胜选时,他们接受他的性取向(或至少视而不见)。沃维莱特说:"民众想看到成果,对我的私生活没兴趣。"

现任英国环境署署长的克里斯·史密斯(Chris Smith)也有一个类似的正面故事。他在当选为英国国会议员后一年,于1984年出柜。20世纪80年代中期的社会环境并不鼓励别人追随他的步伐。在他出柜后不久,一份英国八卦小报刊登了一篇嘲弄他的漫画,里面是一个扮女装的男人站在下议院里。1987年,免费同性恋报纸《重点同性恋》被人投掷汽油弹,保守派议员伊莱恩·凯利鲍曼(Elaine Kellett-Bowman)为暴行辩护。"我可以很自信地说,有些人无法容忍邪恶的存在,这是一桩好事。"她在下议院发言。[16]隔年春天,撒切尔政府通过了《地方政府法》,法案第28条将同性恋关系定义为"伪家庭关系"。这一切都是在艾滋病流行背景下的恐慌反应。因此毫不意外的,在接下来的13年内,史密斯一直是唯一公开身份的同性恋国会议员。

在这段时间内,史密斯努力增加他的政党优势。1997年,英国首相布莱尔任命他为阁员,史密斯成为英国历史上第一位公开同性恋身份的内阁成员。史密斯的成功故事给了有志于从政与从商的同性恋者三个重要教训。最重要的一点是,同性恋者在担任领导角色上,可以和异性恋者一样称职。第二点,一旦你透露你的性取向,媒体报道的热潮很快就会消退。第三点则是,即使出柜,你的个人与专业关系仍能保持稳固。史密斯说:"在你公开同性恋身份后,可以获得周围每个人的极大支持,无论是大众或政界同仁。无论你要和他们建立什么样的关系,都不会影响他们的支持。"[17] 2013年,保守派国会议员克里斯平·布伦特(Crispin Blunt)证明史密斯所言不假。他在出柜并离开结婚20年的妻子后,有人发起联署撤销他的候选人资格,他成功打败了挑战者。他以5:1的票数赢得选举,打败了希望取代他的敌手,支持他的民众嘲笑对手是"恐龙候选人"。[18]

在我的有生之年里,英国发生了种种重大变化,但我们不应该昧于世界其他角落的现实。在风气保守的国家,LGBT政治人物仍面对极大的挑战。例如在波兰,只有大约40%的民众认为社会应该接纳同性恋。[19] 近年来,超过60%的波兰人认为同性伴侣不该有公开身份生活的权利,支持同性恋婚姻的民众不到三分之一。[20] 2013年,波兰民主之父、诺贝尔和平奖得主莱赫·瓦文萨(Lech Walesa)甚至说,男女同性恋者没有权利担任部长或党的领导人;如果他们当选,他们的座位应该"藏在墙壁后面"。资深政治人物与公众人物纷纷对此表达不满。[21]

  2011年,波兰历史上首次出现两位LGBT政治人物赢得国会议员选举。第一位公开身份的同性恋国会议员罗伯特·比德朗(Robert Biedro)与第一位跨性别国会议员安娜·格罗茨卡(Anna Grodzka)代表新成立的帕利科特党参选,这个政党的宗旨是推广对多元文化的尊重。令人跌破眼镜的是,这个政党竟然一跃而成为波兰第三大党。我认为时代变迁正在帮助观念更开放,欧洲各国之间的紧密互联也帮上一把。在欧盟其他国家就学与就业的年轻波兰人把先进的价值观带回自己的家园。

  社会变迁让LGBT政治人物更有机会赢得选举,但无法保护他们不受偏见所害。在国会殿堂里,格罗茨卡不得不面对人们恐惧跨性别者的反应。"有时我简直不敢相信,右派政治人物对我的攻击可以这么残酷又原始。"她说。[22]法律与公正党党员克里斯蒂娜·帕夫洛维奇(Krystyna Pawlowicz)是最好的例子。她在公开访谈中把格罗茨卡与马匹和其他物件相比。"她算什么女人?她长得像个拳击手,"她在接受波兰媒体访问时说,"光是往自己身上打荷尔蒙,不代表你就变成女人了。"[23]

  虽然有像帕夫洛维奇这样无知的人,但格罗茨卡和欧美各国其他LGBT政治人物今日能得到的机会,是10年前所无法想象的,我认为这是很明显的趋势。缅因州众议院议员切尼特有如下建议:"你不能选择你的性取向,但你可以选择对待它的开明态度。你可以选择躲在衣柜里,但这会一点一点侵蚀掉自己。到头来,你没办法好好发挥全力。"[24]

体 育

想数清楚究竟有多少男女同性恋者进入商界高层,几乎是不可能的任务。然而我很确定,这些人之中有很多可以晋升到高层职位。商界似乎比职业体坛开明进步得多,全世界大多数专业运动团队里面没有一个公开身份的同性恋队员。德国足球甲级联赛的异性恋球员菲利普·拉姆(Philipp Lahm)曾发声反对体育界的恐同风气。"没错,政治人物现在可以出柜承认自己是同性恋者。但他们不用一周又一周在6万名观众前比赛,"他在接受访谈时表示,"我不觉得社会开明到能像其他领域一样,用平常心看待同性恋球员。"[25]

也许我们可以猜想,许多同性恋者选择专业运动员以外的职业生涯。进入体育这一行的同性恋者往往选择不要出柜。当NBA球员杰森·科林斯(Jason Collins)在2013年4月出柜,他成为美国四大体育联盟里第一个出柜的现役球员。[26]

欧洲也有类似的情形。截至2013年底,前六大国家足球联盟里没有一个公开身份的同性恋球员。[27]2013年2月,利兹联队的美国球员罗比·罗杰斯(Robbie Rogers)在他的博客公开自己的同性性取向。他在同一篇博文中宣告退役。后来他解释,因为他害怕球迷和媒体的负面反应。3个月后,他加入洛杉矶银河队继续足球生涯。英国唯一出柜的知名职业足球运动员贾斯汀·法沙努(Justin Fashanu),在1998年自杀。

有些人可能认为出柜会破坏团队向心力。20世纪70年代末期,前洛杉矶道奇队的球员格伦·伯克(Glenn Burke),队友都知道他是同性恋者。1995年,他死于艾滋病相关的并发症。他去世前告诉美联社,他在职棒大联盟的4年生涯里,到处是充满恐同心态的人。他说,有一次他的经理站在球员休息区前,当着全队的面对他说:"我不要我的球队里有死同性恋者。"他也说,有个教练告诉他,只要他和女人结婚,他愿意出度蜜月的钱。当他拒绝这个提议,就被交换到另一个球队。[28]

在伯克的故事发生后几十年,一些未出柜的运动员仍担心出柜可能会影响团队的凝聚力。2013年8月,我和伴侣拜访我的老朋友在英国乡间的房子。我们到达时是下午茶时间。在座宾客中,有一位30多岁的德国足球运动员。他自我介绍名叫托马斯。吃过下午茶,我们一起在花园里散步。在意想不到的情况下,他告诉我们,他身为专业足球运动员长达20年,在最近几年里,他开始学习如何处理自己的同性恋倾向。

当我们认识时,他正好到了必须决定是否要退出职业足球生涯的时间点。他待过德国甲级足球联赛、意大利甲级足球联赛、英超联赛、德国国家代表队等许多球队,自然或多或少受到运动伤害的影响。但他也担心着是否要出柜,何时出柜。他对我的故事与我出柜时的时空条件非常感兴趣,他希望听我说那时的恐惧,还有我的生活发生了哪些改变。

3周后,这位以强劲有力的左脚闻名的"铁锤"正式挂靴退隐。托马斯·希策尔斯佩格(Thomas Hitzlsperger)在2013年9月初宣告退役。

托马斯在12月来到伦敦拜访我们,他的一番话消除了许多有关同性恋者在足球界的传统看法。"大多数人都会提到球迷的反应,但一切都在控制之下,球场上充满了摄影机。能有什么事发生在我身上?"他说,"而且球员间讲的同性恋笑话,我也不特别反感——有些笑话还挺好笑的——但恐同心态比较难处理。但是我想,如果我出柜了,有些球员会支持我,其他人会跟随我的脚步。"[29]

即使托马斯来自少有球员与退役球员是同性恋者的足球世界,他的故事与本书许多其他故事十分相似。我有种强烈的感觉,他就像许多商界人士一样,担心人们会把他一次失败的表现怪罪于他的性取向。他的故事就像历史上许多少数族裔的故事一样,托马斯似乎必须用更高的标准要求自己,才能避开大众的注意力,免得有人意外发现了他的性取向。

在我和托马斯的几次对话中,我告诉他,他永远不会找到所谓出柜的好时机,但也不存在出柜的坏时机。我们也讨论了他的出柜可能会为年轻一代足球运动员带来的正面效应,他一直希望鼓励大众讨论体育界里的同性恋问题。

在我们谈话后一周不到,托马斯就下定决心出柜了。2014年1月8日,他在接受德国《时代周报》专访时透露了他的性取向。"我决定坦承我的同性性取向,因为我希望能鼓励大众多多讨论专业运动员中的同性恋问题。"他说。[30]媒体与其他球员的反应十分迅速,而且绝大多数都是持正面支持的态度,例如英国足球运动员乔伊·巴顿(Joey Barton)的这则推特写道:"托马斯·希策尔斯佩格今天显露了很多很多的勇气。很可惜,总是要等到某人退出自己最爱的专业领域后,别人才会完全基于他的个人本质来评断他。我们社会里的每个人都该感到羞愧。"[31]

希策尔斯佩格的行动是否能鼓励现役球员出柜,我们仍拭目以待。在过去,出柜有损于球员整体形象与商机吸引力,这是他们不愿出柜的原因。一般来说,运动员的一生中,只有短短几年可以挣钱谋生。出柜会威胁到他们获得厂商赞助的机会,就像30年前比利·简·金(Billie Jean King)的遭遇一样。1981年,她已赢得了12次大满贯网球单打冠军奖杯,是全世界最知名的女性运动员之一。她和前秘书玛丽莲·巴奈特(Marilyn Barnett),在20世纪70年代早期开始交往;1981年,巴奈特向她提出诉讼,比利·简·金的性取向被公之于世。比利·简·金不顾教练的建议,开了一场记者会,承认她确实与巴奈特有过一段关系。她的赞助商作了一个看似合乎商业利益的合理决定,背后却隐含恐同心态。一天之内,她失去了所有的厂商赞助,据她表示,价值一共超过200万美元。[32]

在比利·简·金出柜后几个月,温布顿网球锦标赛9次单打冠军纪录持有者玛蒂娜·纳芙拉蒂洛娃(Martina Navratilova)承认自己是女同性恋者。当时她名列世界第二,特别是在逃到美国后,她声名大噪。"我没有损失任何合约,因为从一开始我除了网球以外就什么也没有,"她从佛罗里达的家中通过电话说道,"我开始赢得一个个温布顿冠军,但从没有合约找上门。我知道因为出柜,我损失了很多金钱和声誉,但我决定出柜从来就不是因为钱。"[33]

20世纪80年代期间,纳芙拉蒂洛娃时常面对媒体不友善的态度,那时她多半把不友善归咎于自己来自冷战时期的东欧国家。在佛罗里达阿米利亚岛的一场锦标赛前,一名当地专栏作家将她与金发异性恋球员克里斯·埃弗特(Chris Evert)的球赛描写为一场"正邪对决"。后来,一位男性体育记者问她:"你还是女同性恋者吗?"她反问道:"你还是异性恋吗?"[34]她出场时球迷反应不佳。"人们从不会在你面前说什么,但当我上场时,我明显从观众群中感受到,每个人都在为克里斯鼓掌。当观众对我吹口哨或揶揄的时候,我心想:'我究竟做了什么事,活该被你嘘?'"[35]当她如今回顾时,才领悟这些反应背后有多少是来自恐同心态。

这些故事显示在职业体育界,身为公开身份同性恋者会遭遇的巨大困难。运动员只能选择放弃职业运动生涯,或成为躲在衣柜里的专业运动员。我们不能确知究竟选择哪一条路的同性恋运动员比较多。比如说,2012年夏季奥运会的1.5万名参赛者中,公开身份的同性恋运动员只占0.16%,这不可能代表同性恋运动员的真实数字。[36]第三条路,出柜并继续参赛,似乎是最不可能的选择。

职业体坛有极大的力量影响社会各层面,它必须更能反映社会现况,它不应该培养歧视,但现在的职业体坛却背道而驰。然而,体育界的态度似乎在改变,越来越接近社会大众的态度。出柜运动员被赞助商、队友、职业运动团体所排斥的风险已渐渐降低。企业开始发现赞助同性恋运动员的商机。2013年4月,耐克史无前例地与公开身份的同性恋运动员布兰妮·格里纳(Brittney Griner)签下合约。几天后,杰森·科林斯就出柜了。耐克过去曾与他签约,发表了一份支持声明。"我们钦佩杰森的勇气,也为他身为耐克运动员感到自豪,"声明指出,"耐克支持公平的竞技场，运动员的性取向不该是竞技场考虑的因素。"[37]许多其他名人与运动员都公开表示支持，包括 NBA 总裁大卫·斯特恩（David Stern）与球员科比·布莱恩特（Kobe Bryant）。

有越来越多的异性恋运动员，努力提升对同性恋运动员的接纳度。"世界上有不少同性恋运动员，我们曾与同性恋运动员一起比赛，你也见过退役同性恋运动员出柜。"巴尔的摩乌鸦队球员布兰登·阿扬巴德约（Brendon Ayanbadejo）在 2013 年接受电台访问时说。他向美国最高法院提交了一份法庭之友意见书，支持同性恋婚姻。"每一天、每个月、每一年，我们都在逐渐进步，让运动员可以自在地做自己。如果他们可以做自己，他们就能成为更好的运动员。"[38]英国足球协会也采取了行动。2012 年，英国足协惩戒了一名在推特上使用辱骂同性恋者字眼的球员。2013 年，利物浦足球俱乐部宣布禁止使用这些辱骂同性恋者的字眼。那年秋天，有些球员开始在身上别彩虹丝带以支持 LGBT 球员。

比利·简·金相信，商界态度的逐渐转变，正在影响职业体坛的态度。"当杰森·科林斯这样的运动员出柜后，他得到美国总统的祝贺。当我被迫出柜时，我在一夜之间失去了所有赞助，"她在给我的电子邮件里写道，"整体而言，今天商界对男女同性恋者的接受度增加了许多。任何想出柜的人应该用他们自己的方式出柜——选择他们准备好面对真实自我的时机。我没有那种机会，我也付出了代价，但我想那是过去的事，现在是现在。"[39]

同性恋运动员越来越了解，社会动能是站在他们那边的。托马斯·希策尔斯佩格相信,社会现在越来越期待球队经理在同性恋球员出柜时给予支持。"对于你所属的球队,这会是个政治问题,测验他们的处理能力。"他说。[40]

2013年末,英国奥运跳水选手汤姆·戴利(Tom Daley)透露他正在与一位男性交往。[41]"在他之前,马修·赫尔姆(Matthew Helm)、马修·米查姆(Matthew Mitcham)、格雷格·洛加尼斯(Greg Louganis)等3位奥运跳水奖牌得主都曾先后出柜。在戴利宣告出柜后,BBC立刻打电话给我,要我找他做简单访谈。在访谈中我说,出柜从来就不是零风险,然而,我希望戴利的诚实会为他带来正面的结果,并且给其他人做出榜样,出柜是可能有好结局的。他受到了无数人的支持。当天稍后,英国最有名的足球播报员兼前球员加里·莱因克尔(Gary Lineker)通过推特发出一则支持的信息。喜剧演员史蒂芬·弗莱(Stephen Fry)则以另一个角度来看整个事件,他发出的信息是这样写的:"我刚打开12月倒数日历上的第二扇门,汤姆·戴利就从门里跳出来了。说真的,@TomDaley1994恭贺你。我很为你高兴。"

今天,职业体育界与商界的界线越来越模糊,双方的经验开始相互重叠。里克·韦尔茨(Rick Welts)当上了NBA最高级别的执行官。韦尔茨在西雅图长大,从1969年开始担任西雅图超音速队的捡球童。大学毕业后他回到球队,后来晋升为球队的公共关系主任。到了1982年,他在纽约与一位同性恋建筑师同居,他的队友从没见过这位同居人。因为害怕出柜,他总是避免谈到他的伴侣。"从来没有人和我有一样的经历,"他说,"我没办法从他们的经验里学习或获得信心,我也不知道未来会发生什么事。"[42]

他的伴侣在 1994 年去世了。深深埋在衣柜里的韦尔茨,只请了两天假哀悼。他麻木地回到办公室,没法跟任何人分享他的哀伤。到了 2009 年,他住在菲尼克斯,是菲尼克斯太阳队的总裁。他的第二段关系持续了 9 年,最后在一团糟中结束。"那段关系破裂的一个重要原因,是我没办法让我生命里最重要的人进入我的工作生活里。在那时我作了个决定,如果我未来想要有一段成功的关系,我一定不会重蹈覆辙,我会活得更公开。"

2011 年 5 月,韦尔茨决定在《纽约时报》头版访谈中出柜。[43] 在记者写作报道的过程中,也访问了韦尔茨的职业导师大卫·斯特恩。斯特恩说,他知道韦尔茨是同性恋者很多年了,但他从来没与他讨论过,因为他不想太唐突。

"我预期 90% 的信件是正面的,10% 是负面的,"韦尔茨说,"但成千上万的人写电子邮件给我,我还接到数十封手写的信,没有人说过一个负面的词,这真是不可思议。"韦尔茨的经验与我的经验相符,我和他一样,收到了绝大多数支持的信件和电子邮件,只有一个人花时间写了负面的信件来。

在韦尔茨出柜后不久,他搬到旧金山和他的新伴侣同住。9 月,金州勇士队任命韦尔茨为新总裁兼首席运营官。

法 律

2002 年,阿德里安·富尔福德(Adrian Fulford)被任命为最高法院法官。一年后,他成为新成立的国际刑事法院的 18 位法官之一。2012 年,他加入了英格兰和威尔士层级第二高的上诉法院。这些职务都很重要,而且也是很难获得的。富尔福德既不是牛津大学也不是剑桥大学毕业生,他主修历史,而不是法律。他自己都承认,他读得"不怎么好",[44]实习的地点也不是那些传统的律师事务所。也许对他事业影响最大的,是他从20世纪70年代末期就是公开身份的同性恋者。

富尔福德出柜的决定不是没有后果的。他曾经遭到其他律师的冷淡对待,也碰到过法官有时会"表现出强硬、不妥协、不友善的态度";这种态度他只能解释为恐同心理。[45]1994年,他原本想申请担任兼职法官,却遭到一群"穿灰色西装的男性"严厉盘问,他们问他:"你真的非申请这个职位不可?"他们也刺探了他的私生活。他们甚至说,因为他年轻时担任律师,曾经处理一起关于施虐与受虐的案件,表示他对皮绳束缚或"某些其他讲不出口的性癖好"有特别兴趣。[46]

虽然经过一番嘲弄性的问话,最后富尔福德还是得到了这份工作。他相信,若不是有个心胸开放的大法官,根据品德成就而非性取向来决定他的聘用,他是不可能成功的。就如同商界,最高层的领导人物是改变的关键。代表上一个时代的偏见的资深法官与律师最终退休了,在之后的几年中,长江后浪推前浪般摇撼了整个司法系统。当富尔福德完成了法官的训练课程,他记得其中一位讲师向他保证,同性恋者在职场上不会有玻璃天花板,当他在评估未来法官的时候,他不在乎这个人是不是同性恋者。后来这位讲师当上了英格兰与威尔士最高法院首席法官。富尔福德说,因为有这样的典范人物,让司法系统不再是"非常少数的异性恋白人男性的私人封地"。[47]

目前为止,司法系统还无法代表社会整体。但今天的年轻律师充满了多元性,只要大众持续关心歧视问题,应该就可以改变未来司法系统的风貌。"当然,在全国各地还是可能有零星的法院或律师事务所因袭陈规,"富尔福德说,"但整体来说,我感觉门窗已经打开了,一阵强风吹了进来,把大部分的陈规陋习一扫而空。如果年轻的律师问我,他们该不该出柜,我会说,'不要害怕。一点也不要害怕。'看看我的故事吧。"[48]

现在许多男女同性恋者认为,他们在法律领域遇到的挑战会比在商界少,我可以想到两个重要原因支持这种看法。第一,教育程度通常与尊重了解多元文化呈正比,而法律界的工作需要漫长且艰难的教育背景。第二,从事法律工作必须经常以公正客观的角度分析案件,因此可以排除没有基础的价值判断。

然而,最近一份针对英国法律界人士的调查发现,每4名女同性恋者里只有1名,每10名男同性恋者里只有1名能在律师事务所完全出柜。[49]对那些未出柜的律师来说,他们通常都是单打独斗。法律界人士中,在职场有个公开身份的LGBT同事能作为模范的比例不到一半。

金马伦麦坚拿律师事务所合伙人丹尼尔·温特费尔特(Daniel Winterfeldt),从1998年就开始在伦敦工作。在他工作的第一家律师事务所,他是500个员工里唯一公开身份的同性恋律师。5年后他跳槽到另一家公司,他依旧是唯一的公开身份同性恋律师。有时,身为唯一的同性恋者消磨了他的野心。"我无从向上看齐,放眼望去找不到一个可以效仿的模范。我工作非常认真才获得这些机会,但很奇怪的,我觉得只要有个工作就很幸运了。"[50]

也许对律师事务所来说，LGBT 律师的人数不如女性与少数族裔的人数重要，律师事务所招收男女律师的比例大致保持平衡。然而在英国前一百大律师事务所的所有合伙人中，女性只占不到 10%，[51] 少数族裔只占合伙人的 5%。[52] 当律师事务所推动多元性与包容性政策时，也许很务实地将工作焦点放在这些人群上，因为这些人群的人数远超过 LGBT 人群人数。

虽然缺乏榜样，年轻律师仍比前辈们更常出柜。介于 51~55 岁的律师里，只有 15% 敢在自己执业的第一家事务所出柜。在小于 25 岁的律师之中，愿意出柜的比例高达 4 倍之多。[53] 年龄稍长者的观念源自一段不同的时空，他们成长的环境里，公开骚扰或歧视仍稀松平常。在年轻一代长大的世界里，包容性更高，因此带来了十分不同的成长经验。很明显他们对真实的自我更有自信，活得也更自在。他们是否能获得相同的职业升迁机会，仍是未知数。

2008 年，温特费尔特为英国 LGBT 律师创立了一个非正式组织"互联法律多元论坛"。到了 2013 年底，论坛成员已超过 1200 名，遍及 70 家律师事务所与 40 家企业。对于职场同事圈里缺乏公开身份同性恋的律师来说，这个论坛提供了重要的资源。在互联法律多元论坛的帮助下，英国的法律界正在大步迈进。2009 年，没有一家律师事务所能挤进英国石墙组织每年发布的职场平等指数前 100 名。到了 2014 年，这个数字增加到了 10 家。

企业客户敦促着律师事务所，希望他们在鼓励多元性与包容性时，考虑的人群不仅限于女性与少数族裔。在律师眼中，这些企业的观念更先进,更能照顾 LGBT 员工。管理贝克博茨律师事务所伦敦办公室的合伙人史蒂夫·沃德洛(Steve Wardlaw)是位公开身份同性恋者,他从 20 世纪 80 年代就已公开出柜。他说:"我觉得法律界过去很守旧。大家的观念是'别在大庭广众下丢人现眼'就好。"[54]沃德洛再进一步强调:"律师事务所的管理阶层终于醒悟,发现真的有大问题了。他们发现有才能的人纷纷离开,投到他们的客户怀抱里。"

偶 像

在迈向包容的道路上,政界、体育界与法律界各自站在不同的阶段。进步的速度也许有快有慢,但方向是一致的,这一点很重要。因为这些领域再加上娱乐领域,可以打造出最有能力塑造大众舆论与公共政策的人物。这些典范人物可以成为社会上最重要的同性恋偶像,他们对商界的态度也有强大的影响力。

虽然进步与障碍各有不同,但我相信我们能找到适用于任何领域的共同法则。简单地说,改革需要领导人物。在第八章中我们会看到,改革有赖于实际行动的引导。

第八章　打碎玻璃

要推动社会改革，政府可以劝导和立法，但光靠政府还无法获得成果。只有个人可以达成变革，无论是身为独立个体还是社会组织的一员。在各种社会组织中，处理问题，执行解决方案是企业的使命。因此很明显的，只要企业在有效的领导与务实的措施下，就有能力打碎玻璃衣柜。

本书的内容提供了行动的背景。很多企业正使LGBT人群感到自己是被接纳的。但是据我的经验，他们现在需要共同坚持做两件事：制定明确的方针和目标，然后利用管理工具使其得以贯彻实施。

在通往包容的道路上，制定对LGBT人群友善的政策自然是个起点。我们可以测量这些政策在现实生活里的实践程度，借此了解一家公司的基础价值观。但这些政策即使能画出保障的大饼，却不等于LGBT员工实际上感受的安全感与自在感。虽然企业领导阶层能拥抱LGBT员工，求职者、新进员工、未出柜的员工却不见得能明确感受到。数十年来，我隐藏自己的性取向，我知道未出柜的同性恋者常设想出柜会带来悲惨的后果。企业必须以语言和行动证明这种设想是错误的。

2006年，担任英国国会顾问的彼得·默里（Peter Murray）

离职,加入工程顾问公司奥雅纳(Arup)。"一位资深政界人士告诉我:'你要很小心。你加入的是一家工程公司,这些人对于在职场出柜的人接受度比较低。'"他说。这是个用心良苦但信息错误的建议。因此连续两年,默里隐藏私生活的各种细节,不让高层经理知道,他也变得对于透露自己的性取向非常敏感。"问题是,我看不到任何迹象显示奥雅纳是家善待同性恋者的公司。我的上司们顺理成章地以为大家都知道他们的态度。"[1]

如果 LGBT 员工不会一想到出柜就害怕,会有更多人加入出柜的行列,他们的出柜之路受到很多障碍阻挠。有些是非常个人的因素,光靠一家企业无法排除这些因素。然而,企业可以释放正确的信息。他们必须创造包容性的文化,不光是列在企业政策与手册中,更要包含在员工的想法与行为里。一切要从企业领导者开始,他们必须在每个决策中考虑到包容性。他们必须考虑自己能不能开放接纳新观念,把每个人视为个体去了解认识,关心团队里的每个人。

要成功推动 LGBT 包容性政策,可以采取 7 项行动:

一、高层主动制定企业方针。

二、创设并支持 LGBT 资源团体。

三、鼓励直人盟友。

四、设立具体目标,以此作为测量标准。

五、让 LGBT 员工负起个人责任。

六、指出典范人物,再三宣扬他们的故事。

七、针对在保守国家工作的员工,设立明确的预期目标。

主动领导

在美国最高法院推翻《婚姻保护法》的那一天,世界最大的几家企业立刻发布声明,支持最高法院的判决。"这对我们的公司和客户都是好事,但更重要的是,这是该做的事。每个人的权益都很重要,必须受到保护。"摩根大通集团 CEO 杰米·戴蒙(Jamie Dimon)在声明中表示。脸书 CEO 马克·扎克伯格(Mark Zuckerberg)在他自己的脸书页面贴了一则支持的信息:"我很骄傲我们的国家正在往正确的方向前进,我为我的许多朋友和他们的家庭而感到高兴。"2013 年 12 月,苹果 CEO 蒂姆·库克在一场演讲中指出,苹果"支持为所有员工争取平等与非歧视的法律,无论你爱的人是谁"。[2]

这些例子证明了企业包容性的基础前提,领导阶层必须设立明确的方向。第一步是确保 LGBT 员工平等待遇的政策。不可以有公开或隐晦的歧视,对任何形式的恐同都不予包容。

领导高层的正面声明,可以为整家企业的经理人设立榜样。汇丰银行的安东尼奥·西摩斯经常在公开与私人会议中发表与同性恋议题有关的演说。"领导者把 LGBT 包容性挂在嘴边是很重要的,但大家往往都低估了它的重要性,"他说,"如果你住在伦敦、纽约或香港这些多元开放的大都会,你可能不觉得有必要谈 LGBT 包容性。但即使是在英国,在我们的 5 万名员工里,总会有人找不到归属感。如果你说,与众不同也没关系,他们会感到更有信心。我经常收到世界各地汇丰银行分部的员工写给我的电子邮件,数量多得令我讶异。他们说:'我觉得你的演说非常鼓舞人心,我非常高兴能在一家真正尊重多元性与专业能力的银行工作。'"[3]

认真关注 LGBT 包容性的 CEO,会花时间宣扬他们的观念。2012 年,LGBT 领导者年度会议"站出华尔街"的主办者,邀请了 11 个组织的领导高层,讨论华尔街的 LGBT 包容性。美国银行美林证券、高盛集团等美国大银行的现任 CEO 首次齐聚一堂,表达对 LGBT 平等的支持。[4]世界各地后续举办了许多场类似会议,吸引了更多银行界、会计界与相关服务领域的 CEO 与高层领导参加。

2012 年 11 月,我在其中一场会议担任座谈主持人。我觉得讲者们很显然像是牧师对信徒唱老调。我的老朋友也是英国石油公司的前同事保罗·里德在这场会议中担任讲者。他认为,这些会议有两种好处。第一,讲者可以互相分享最佳做法;第二,媒体会公开报道他们的发言,公司出席会议的新闻会传进员工的耳朵里。保罗在这场会议的发言,获得伦敦《泰晤士报》的报道,后来又在伦敦《标准晚报》与《同性恋星闻》转述。"有成百上千个英国石油公司的员工看到新闻,我也因此收到很多内部电子邮件,"里德说,"新闻知名度确实鼓励了英国石油公司内部更接纳出柜员工。"[5]

再精彩的演讲也无法创造长远的行动,但没有高层设立正确的方向,任何改革都不可能发生。领导者有没有严肃看待多元性与包容性议题,也反映在企业的结构上。今天财富 500 强企业中,大约 60% 都设有首席多元化官一职,专职多元文化与包容性。[6]企业在财富 500 强的排名越是靠前,就越有可能有这样的职位。[7]给负责多元化的经理一个企业高管的头衔,可以大大提升这个职位的重要性,也传达出企业重视多元文化的强烈信息。2000年,我聘请了帕蒂·贝林杰(Patti Bellinger)主导英国石油公司的多元文化与包容性运动,我给她的职衔是集团副总裁,她成为掌管全公司10万名员工的40位集团副总裁之一。要给她一个重要的角色,首先就是要给她一个重要的头衔。

当然,如果企业高层管理者不听经理人说的话,头衔再大也没有意义。在美国,负责多元文化与包容性的经理人中,只有四分之一直接隶属于CEO;大多数的多元文化经理人都隶属于其他部门,通常是人力资源部,[8] 这个角色因而落于无用武之地。"如果你向人力资源部门主任报告,他可能感觉你在攻击他最支持的事情,"贝林杰说,"你的目的是改变个人,赢得他们的心。但你也得努力促成企业整体的改变,有时候这代表你得改革或重新检视现存的人力资源程序,这可能构成特别的挑战。"[9]

虽然人力资源是企业核心功能之一,但不见得人人都把它视为企业关键目标的一部分。英国"平等与人权委员会"前主席特雷弗·菲利普(Trevor Phillips)相信,只有当现实有所需求,人们才会努力改善多元文化与包容性。"推动改革不应该是人力资源的责任,"他说,"事实上,应该是市场营销部门负责。"[10] 领导者想带动变革,必须将多元文化与包容性视为商务议题,而不是附带的功能。在英国石油公司,我个人关心多元文化与包容性。但我也认为,缺乏多元与包容会威胁生产力与创造力。贝林杰最初是在英国石油公司的人力资源部门服务,但主管很快就给她充分自由,让她掌管企业伦理、法律顾问、营销与招聘。她的上司是副总裁,而不是人力资源主管。

如果 CEO 认为一件事是重要的,他就必然会动员"亲信"们,也就是那些获得 CEO 信任,有能力完成使命的人。虽然贝林杰的上司是我的副手,但她和我经常相互沟通,我们的亲近程度大家有目共睹。有时她与某个顽固的企业高管起摩擦,她知道她可以说:"我们是不是应该和约翰讨论一下这件事?"事情就可以解决。公司最高层的方向很清楚,我们看待多元文化的态度非常认真严肃。领导者必须与公司政策并行不悖,即使在处理外界供应商时也不例外。绝大多数重要的成功企业,要求他们的供应商必须沿用他们对安全性、诚信、员工待遇的重视态度,才有做生意的入场券。企业必须确保供应商的内部政策也反映他们对 LGBT 员工的政策,否则企业可能会损及自身的价值,也稀释了企业包容性的信息。

例如 IBM 的供应商准则明列,供应商不得基于性取向、性别认同或表现给予歧视待遇。准则中也声明,IBM 不会容忍 LGBT 员工受到任何骚扰以及薪资、福利或升迁的不平等。[11]与客户对抗有时不容易,但有些企业确实做得到。克劳迪娅·布兰伍蒂十分坚定,IBM 不会把商业利益放在价值观之前。"过去我们有客户不喜欢黑人或女性业务代表,"她解释道,"我们说,'那么好吧。我们不会派黑人或女性业务代表给你。事实上,我们一个人也不会派给你,因为我们不想要你成为我们的客户。'"[12]

LGBT 资源团体

CEO 设定了主调后,应该从企业企业高管到各部门主管,向下层层扩散,但往往事不尽如人意,沟通的效率经常不高。中层经理忙碌于企业的紧急或日常工作,可能无法成功传达信息。LGBT团体的领导者确实拨出时间来处理包容性问题,因此,这些团体可以帮忙把信息传出去。

LGBT团体的活动五花八门,而且富有创意。金宝汤公司的LGBT团体叫作"开放",他们办过一个照相日,邀请所有员工,无论是异性恋者或同性恋者,带他们家人的照片上班。这个活动给了员工一个自然而不强迫的方式,来透露自己的性取向。在英国石油公司的休斯敦分公司,LGBT团体曾经带纸杯蛋糕与冰箱磁贴到办公室,一般的磁贴上会写"带你家孩子来上班!"他们的磁贴上写:"带你的真实自我来上班!"

2012年,高盛集团伦敦分公司的LGBT资源团体选择双性恋作为那一年的活动主题。作为6月同性恋骄傲月的系列活动之一,他们邀请一位双性恋导演到他们的办公室为他的纪录片举办首映,纪录片的主题是双性恋。电影结束后举办座谈会讨论双性恋议题。这个活动欢迎高盛集团伦敦分公司的所有员工参加。高盛董事总经理,同时也是欧洲、中东与非洲区域的LGBT网络主管加文·威尔斯(Gavin Wills)表示:"作为人际网络,我们一向致力于尽可能拥抱并支持LGBT人群里的每个不同团体。这部纪录片是帮助人们了解双性恋者观点,开启多元讨论的最好契机。"[13]

Google的同性恋员工管自己叫"Gaygler",许多同性恋员工都会参加同性恋者游行,无论是旧金山、都柏林或班加罗尔。2012年,他们参加了纽约市游行,他们的队伍之后是一台漆着彩虹旗帜的双层巴士。Google的LGBT资源团体有一段视频,里面有华沙、特拉维夫、新加坡等全球办公室的员工,谈着在 Google 当个与众不同的人有多么轻松。"我是个跨性别者,我就是在 Google 工作的期间变性的,"Google 加利福尼亚州山景市办公室的员工塔米说,"我不光是可以大方说'我是跨性别者',更棒的是,我最常得到的反应是'好酷!多告诉我们一点'。能在这样的地方工作,让我非常骄傲。"[14] 圣保罗办公室的若昂说,当他周一来上班时,可以很安心地聊他周末做些什么,有没有和男友出去旅行,或到同性恋者常去的餐厅吃饭。

直人盟友

在绝大多数情况下,设定企业方向的人往往是异性恋者。在美国大型银行富国银行集团工作的蕾妮·布朗(Renee Brown)说,"活跃的直人盟友"是同性恋员工最有效的代言人。她说:"已婚的异性恋者才能开始改变人们的观点。他们的孩子、好友或亲戚可能是 LGBT,他们对这个议题充满热情,而且觉得教育与分享经验是很重要的。当直人与我们站在一起,改变就会成真。"[15] 安永会计师事务所包容性主任克里斯·克雷斯波(Chris Crespo)表示,直同事为他们的资源团体"超越"灌输活力,角色非常重要。"上次我们用团体的电子邮件名单做调查,发现 58% 的人其实是直人盟友。"她说。[16]

资深领导者应该创设正式的"盟友计划",鼓励异性恋员工支持 LGBT 包容性,并亲身参与其中。全球顾问公司埃森哲的员工会把写着支持文字的横幅放在电子邮件的底端;高盛的同性恋支持者会在桌上放"伙伴帐篷",这些帐篷宽3英寸、长2英寸,上面有一道彩虹做装饰。美国铝业公司、巴克莱银行、戴尔计算机都贴出了海报。在沃尔玛的总部,支持同性恋的企业高管会配挂印有沃尔玛商标和彩虹的胸针。[17]

美国银行美林证券在2013年6月启动了直人盟友计划。在前5个月里,就吸引了超过2000名员工报名参加。报名者会收到一份欢迎邮包,解释他们可以如何"在朋友出柜的过程中尽一份力"。他们也会收到贴纸、海报和一张写着支持同性恋的名人清单。这张清单里包括惠普的梅格·惠特曼(Meg Whitman)以及亚马逊的杰夫·贝索斯(Jeff Bezos)这样的商界领袖,还包括Lady Gaga和布鲁斯·斯普林斯汀(Bruce Springsteen)这样的娱乐人物。有一份清单列了10条守则,教导如何与异性恋同事讨论自己与LGBT朋友、家人的经验;如何自愿当LGBT员工的导师;在见到恐同或刺伤情感的行为时该如何挺身而出。

恐同辱骂显然是个不能接受的例子。即使工作环境里有各种适当的政策,如果有人说出一个不当的笑话,或一些反同性恋的字词,同性恋员工听在耳里,都会不由得担心被排斥或低人一等。在这种情形下,异性恋领导者与支持者必须毫不犹豫地作出反应。

刺伤感情的行为不仅仅是轻蔑的言语,也包含所谓的"微型不平等",也就是假设每个人都是异性恋者,或异性恋者比同性恋者优越的动作与行为。例如有些人假设每个男人都会和女人结婚;或者为了不让同性恋朋友感到不舒服,刻意不聊他们的另一半,但却会和异性恋同事聊他们的先生或太太。美国银行美林证券推动这样的计划,目的是让人们对这类议题更敏感。在公开场合,默克药厂前首席多元化官黛博拉·达吉特(Deborah Dagit)都称她的先生为伙伴,让 LGBTA 人群("A"代表直人盟友)知道她支持同性恋。"你不需要花多少力气、勇气或创造力,就可以成为一个支持包容性的伙伴,"达吉特说,"你只需要知道,语言文字是很重要的——你选择用什么样的字辞,反映了你开放心胸的意愿。"[18]

目标与测量

数十年来,雇主渐渐了解追踪女性与少数族裔的事业发展是很重要的。通过信息的帮助,企业可以找出雇用、升迁与工作表现中发生的问题。随着时间的推移,资料可以帮助经理人判断他们的努力是否能达成效果,该如何调整与改善进步的速度。

雇主开始逐渐将对于多元文化的关心,延伸到性取向与性别认同。根据人权运动组织 2014 年发表的企业平权指数,在美国的 734 个受评估公司里,几乎有一半允许员工(在匿名或保密状况下)透露自己的性取向或性别认同。[19] 2006 年,这个数字只有 16%。[20]

安永会计师事务所每两年会进行一次调查,以了解员工投入程度与工作满意度。自 2008 年起,安永就开始在调查中请员工透露自己的性取向。"除非你能通过人力资源程序计算出你造成的效应,不然什么成果都达不到,"克雷斯波说,"在安永,我们正尝试使用我们的'全球人员调查'数据,来看看人数、工作满意度与员工参与度的结果和趋势有没有什么变化。"[21]

塞莉丝·贝里(Selisse Berry)是"职场出柜平等倡议者"的创

始人兼 CEO,该公司总部位于旧金山。她说企业在收集这类敏感信息时,应该保持耐心。"当你首次拿出自我揭露的问题时,许多人(特别是未出柜的人)看了会心跳加速,告诉自己说'我才不会出柜'。第二年,他们再次看到这问题时,反应就不会那么大了。第三年,他们可能就会在格子里打钩了。"[22]

提升回应率最好的方法,是采取各种必要步骤,以保护问卷的隐私,并解释为什么管理部门对他们有兴趣。当摩根大通集团第一次进行匿名的"全球员工意见调查",只有2%受访者透露自己是 LGBT。第二次调查,摩根大通不允许员工匿名,但管理部门强调所有问卷都会保密。透露自己是 LGBT 的比例增加了几乎一倍,达到4%。[23] 自我揭露是进步程度的关键标准。

个人责任

一个组织的领导者有责任贯彻自己的诺言,但建立一个富有包容性的环境,不光是领导者个人的责任,如果每个人不自己负起责任,变革就无法成真。

2003年,克雷斯波开始请安永会计师事务所的同事讨论 LGBT 议题。当时安永还没有 LGBT 员工的资源团体。然而,大约40名来自不同阶层的员工开始参与非正式的讨论会,讨论他们的观点以及在职场出柜的问题。在一次团体电话会议中,大家发现迈克·赛耶斯(Mike Syers)是唯一一参与讨论的资深合伙人。克雷斯波问他,是否愿意用他的职位来帮助她创立专业人际网络"超越"。赛耶斯向公司外的朋友与同仁征询意见。"他们给我的建议是,'你才刚加入这家公司。你还不知道你在这家公司以后会走到什么位置,何必画地为牢,帮自己贴个标签?'"但赛耶斯参与了讨论会后,却作了不同的决定。他知道有些同性恋员工对于在职场出柜犹豫不决。"重点不是我自己,"赛耶斯说,"重点是创造一个平台,推动变革。因为遇到像克雷斯波这样热情又有决心的人,让我决定要亲身投入。"[24]

赛耶斯和克雷斯波后来会见了安永的资深副董事长,后来成为全球首席运营官的约翰·费拉罗(John Ferraro)。费拉罗很有兴趣了解某些员工在职场上感到的不舒服。"我们坐下来,拿出我们孩子的照片,"赛耶斯回忆道,"我有一个女儿,克雷斯波有三胞胎,我们聊起来,开始认识约翰。"费拉罗立刻表示支持,不久后,"超越"就诞生了。

2005年,安永成为美国四大会计师事务所中,第一个获得企业平权指数满分的事务所。之后,安永每年都连续获得满分。就如同赛耶斯和克雷斯波的经验,你要先开口问,才能获得想要的东西。我们必须鼓励他们一起指出问题所在,推动创造包容性环境的解决方案。接着,他们必须掌握自己的职业生涯。"我们的公司关心这件事,他们支持我们,我们感觉靠自己的力量可以让事情变好,"赛耶斯说,"从第一天起,我们公司的许多资深领导者就已经是我们的伙伴了。"

模范人物与他们的故事

本章所述的各种变革想要走得长远,必须与世界级的领导者携手并进。第一步是企业顶层设定一个清楚且一致的方向。我曾发言强调多元文化与包容性有多么重要,但自己却仍躲在衣柜里。我知道,我不是第一个也不是最后一个这样的高级主管。同性恋员工希望领导者给他们正确信息,但如果大家把企业政策与发言看作是表面功夫,甚至是心口不一,同性恋员工只会感到困惑,最后只剩冷漠麻木。

高层的方向必须伴随着故事,让包容性的议题显得更为真实。已出柜的员工应该开口讲述他们的经验,因为没有什么比真人真事更能驱散恐惧。管理高层应该把他们推举为楷模,他们是表现优良的典范;尚未带着真实的自己来上班的人,应该赞美、效法他们。企业政策与LGBT团体创造了出柜的好环境,但楷模证明了出柜的人真的可能成功,他们给未出柜的人鼓励和灵感。

英国的男女同性恋与双性恋平权组织"石墙"CEO 本·萨默斯基尔(Ben Summerskill)相信,任何企业都应该认真思考如何招募及留下顶级的人才。"这几年,人力市场发生了剧烈的变化,其中一方面是年轻人开始对企业说:'你这么努力鼓吹多元文化,但请你做给我看。'"萨默斯基尔说,"做给年轻同性恋者看——或是给年轻黑人或年轻女性看——让他们知道你的企业会支持他们的职业生涯发展。方法只有一种,就是你能指出企业高层也有像他们一样的人。"[25]

企业必须表扬这些成功故事,但找出失败案例也同样重要。对正在考虑出柜的员工来说,诚实面对错误发生之处,是赢得他们信任的关键。只宣扬成功是不好的,企业也应该讲述一些心中不平或待遇不佳的员工故事。

从勇敢的政治人物到成功的 LGBT 网络，从全国性的迫害组织到工作场合的恐同个人，成功与失败的故事必须再三复述。在我的经验中，这是让改革深植组织的唯一方法。

在保守国家工作

虽然许多国家有长足的进步，但截至 2013 年底，全世界仍有超过三分之一的国家把同性恋视为犯罪行为。人权尊严基金会 CEO 乔纳森·库珀（Jonathan Cooper）正在努力推翻这些法律。"在这些国家，同性恋不只可能被逮捕、拘留、起诉，也冒着被剥削、虐待、侮辱的风险，"库珀指出，"风险可以是低级的侮辱，例如警察要男同性恋者清洗警车；但也可能更严重，例如警察因为受害者是同性恋者，故意不调查严重犯罪行为。男女同性恋者简直受到罪犯般的待遇。"[26]

在这些国家工作的 LGBT 员工，比起住在纽约和伦敦等开放国度的员工会面对更严峻的挑战。对于这些员工来说，LGBT 资源团体的角色将更加重要。

贝恩策略顾问公司的同性恋团体称为 BGLAD，每年为其成员举办一次研讨会。他们邀请世界各地的 LGBT 员工一同前来参加 7 天的活动。外人也许觉得这活动像是休闲聚会，但这个研讨会让来自小型办公室的员工有机会看见，贝恩组织内还有像他们一样的人。"这个活动对我们在印度、中国和迪拜的同事影响最大。"位于伦敦的成员克里斯·法默（Chris Farmer）说道。"他们很少有机会见到这么一大群 LGBT 人士齐聚一堂，而且对自己的身份处之泰然,这成了他们最大的支持网络。"[27] BGLAD 用电子邮件全年无休地传达这份支持。电子邮件可以让团体成员与成百上千位 LGBT 人士联系,让他们可以寻求咨询建议。

在保守的国家,包含异性恋员工的"伙伴团体之存在特别重要。伙伴团体能让企业的 LGBT 多元性计划扩张到平时缺乏 LGBT 组织的地方。团体中有异性恋者,让这些团体较不具争议性,也让 LGBT 人士在加入这些团体时不需出柜。[28] "我们在 2009 年创办了印度 LGBT 团体,"高盛集团亚太地区全球领导与多元性办公室主任史蒂芬·戈尔登(Stephen Golden)说道,"在那之后,我们的团体逐渐成长,现在有超过 300 个员工加入,包括出柜的 LGBT 专业人士与直人盟友。"[29]

如果一家公司下了最大的决心推广 LGBT 多元文化,他们就绝对不会轻易更改公司政策,即使在最艰难的环境下。比如说,IBM 的营运据点遍及 170 个国家,包括非洲与中东国家,但它不允许自家的反歧视政策有任何调整。IBM 的反歧视政策比许多国家的法律标准更高,禁止以性取向为由的歧视与骚扰。当地政府了解跨国大型企业对就业机会与当地经济的重要性,这样的政策向他们传达强烈信息。"我们希望当我们的 LGBT 员工发展事业时,他们能与其他员工一样有机会派驻各国,"布兰伍蒂说道,"我们非常注重 IBM 企业范围内的职业生涯安全。"[30]

对派驻在保守国家的 LGBT 员工来说,他们的生活并不仅限于办公室的小天地。他们可以在公司范围内出柜,但他们必须小心在商务环境与街道上可能出现的危险。重要的是,如果经理人鼓励同性恋员工派驻国外,员工应该开诚布公地与经理人讨论他们可能面对的挑战与危险。员工当然应该自己作研究调查,但公司至少应该提供关于这个国家 LGBT 人群法律地位的最新信息,并解释风险。在某些状况下,公司若想让同性伴侣获得认可,会遭遇不少困难。比如说,英国男女同性恋倡议团体"石墙",鼓励企业为在恐同国家工作的同性恋员工建立特别程序。他们解释道:"同性恋员工可能需要医疗保险,才能在他们的伴侣需要治疗时可以飞回英国或第三国家。因为像一场车祸这样的普通伤病都可能会让同性恋员工在最脆弱的时候面临歧视。"[31]

同性恋员工不该被迫同意难以接受的外派要求。公司也不应该让他们担心,如果他们拒绝外派的要求,可能会影响长期事业发展。跨国律师事务所西盟斯的员工可以在保密状况下与人力资源部门讨论,无需公开他们的性取向。随后他们可以讨论其他的外派可能,或回母国的次数,或甚至远距工作的可能性。[32]

威廉是一家大型国际顾问公司的顾问,他经常与中东客户合作。他很喜欢处理能源领域的案件,这个区域有最让他兴奋的机会。他的身份对办公室里的每个人都公开,但不对他的中东客户公开。碰到有关他私生活的问题,他利用反问他们文化与习俗的方式巧妙避开,他知道客户会喜欢分享文化习俗。"当他们问我结婚了吗,那只是想对我释放善意,而不是有意让我为难,"威廉说,"我不会因此觉得尴尬。但在保守的伊斯兰国家,我不想背负着出柜的包袱,出柜没什么帮助。"[33]

有些企业高层人士相信做自己很重要,即使在艰难的环境下亦然。在他们高层地位的保护下,他们可以在所处的环境里创造变革。20 世纪 90 年代中期,伊凡·斯卡尔法罗(Ivan Scalfarotto)

搬到莫斯科，成为花旗集团在俄罗斯、乌克兰与哈萨克斯坦的人力资源部门主管。在他抵达后不久，公关办公室希望能在公司新闻报中刊登一则与他的访谈。他们问了他一系列的问题，10 天后，他的人力资源部副手来敲他的门。她来告诉他，当公关办公室请他描述自己的家庭时，他说他有"一个伴侣和一只猫"，他们对这个回答感到很不安。

斯卡尔法罗记得她是这样解释的："在俄文翻译里，'我有个伴侣'听起来就是不对劲。他们会建议你回答，'我没结婚，而且我有一只猫。'"他拒绝修改。"我说，'我不想拿虚假的自己示人。我希望能告诉大家真实的自己。我希望能说我和某个人住在这里。我不在乎在俄文里听起来好不好，所以请如实刊登我的回答。'"[34]

几天后，他收到某位未出柜员工寄来的电子邮件，感谢他诚实受访。"我对拥有像你这样的人力资源主管感到非常骄傲，"信里写道，"我觉得你非常勇敢。请不要告诉任何人我曾经写信给你。"

展　望

时代变迁正在让 LGBT 包容性的问题逐渐消融，反对同性恋权利的人士正在凋零。越来越多年轻人愿意出柜，而且有越来越年轻化的趋势；他们也鼓励同侪加入出柜的行列，他们带着过去时代不曾想象的信心踏入商界。不过这份信心的强度因人而异，如同我在许多访谈中发现，许多公开身份的同性恋仍希望保持匿名，以避免冒犯雇主或危及未来的职业生涯发展。然而，我仍乐观地相信，我们正在朝正确的方向前进。改革正在发生。要成为一家上市公司的CEO，也许需要25年的时间；今日公开身份同性恋员工成为明天的CEO典范，只是时间的问题罢了。

但改革不能只交给时间。在我的经验里，本章所列的实际步骤是开始改革的第一步，但这样还不够。政策、资源团体、伙伴计划，都是企业必须建立推动的变革。

企业需要恰当的领袖人物，将这些计划化为行动。企业需要的领导者必须要能全然了解真实做自己的重要性，并且知道企业必须投资情感与人力，才能帮助LGBT员工可以自在地在职场出柜。随着企业界出现新一代的领导者，这个观念也会越来越普及。但如同本书里的故事所显示的，改革需要长期的关注。

第九章　衣柜之外

我绝大多数的成年岁月都觉得自己坐困愁城，没办法向全世界展露真实的自己。我过着双重的生活，充满秘密与孤立感，连我最亲近的人都被隔绝在外。这种情形从我在学校的时候就开始了，在那时的英国，同性恋还是违法行为。随着我进入一些恐同的产业环境后，我的孤独感有增无减。在我的领导下，英国石油公司从一家中型公司转型成为世界第三大企业。同性恋的身份没有伤害我的事业，但隐瞒我的性取向让我非常不快乐。我直到最后一刻都还在玩着哑谜游戏。害怕曝光的恐惧囚禁了我。我最近上BBC谈到这件事，一位将近70岁的听众写信给我，他说我们是"失落的一代"。[1]

随着我身边发生一件又一件的改革，我的焦虑却持续不断。我在英国石油公司的最后6年中，我看见英国LGBT人群的处境在各种重要的层面（法律、社会、政治）都在逐渐改善。2000年，英国军队废除了公开身份同性恋者不得从军的禁令。批评者预测废除禁令会导致大量军人辞职；事实上，这种情况不曾发生。[2]次年，英国政府降低了同性恋法定年龄，让同性恋与异性恋的法定年龄相同。2002年夏天，艾伦·邓肯（Alan Duncan）成为第一位公开出柜的现任保守派国会议员。"在现代社会里，政治人物不可能活在伪装中,"邓肯说,"保守派的态度向来是'我们不介意,但是请不要说出口。'但是,这种态度已经不管用了。"[3]

英国石油公司加入时代的潮流,努力成为进步的象征。2002年夏天,我宣布英国石油公司的招募计划将史无前例地针对少数群体(包括男女同性恋者)进行,而且英国石油公司会为同性恋伴侣提供平等福利。[4] 10月,伦敦《星期日泰晤士报》认为我的声明象征着"伦敦市的改革正在加速"。[5]多年来,英国石油公司不断地进行内部改革。我一面推动着改革,一面小心不要让别人怀疑我是同性恋者。我每发表一篇不带感情、事不关己的LGBT声明,都要感到阵阵苦恼,好像自己做了什么错事。我的声明有理有据,但不带任何个人情感。

社会进步无法遍及每个人的生活,身为CEO,我觉得自己无法像政客、公众人物甚至英国石油公司的员工一样自由出柜。我不想让英国石油公司卷入任何丑闻,我也不想伤害公司在保守国家的地位;我们在这些国家为成千上万人创造了就业机会,我的担忧不完全与商业有关。从个人层面来看,我活在谎言中这么多年,不希望让身边好友知道,更别说是同事了。

我相信有些人还是很难理解,当社会对LGBT人群的接受度越来越高,为什么我还对出柜迟疑不前。在我辞职几天后,记者马修·帕里斯(Matthew Parris)写了一篇振振有词的社论,说明了我的恐惧。他认为我属于活在衣柜里的一代,我们可以看见社会进步,但无法获得进步的所有好处。

"像约翰·布朗这样的人,不幸地恰好在这段变动的时期进入权力与注意力的核心,"他写道,"他们的职业生涯横跨两个时代。当他年轻职业生涯正开始时,一个公开同性恋身份的低级主管是不可能晋升到金字塔顶端的。他只能选择独身,或选择明哲保身到近乎欺骗的程度。随着时间推移,社会态度开始改变,他已经来不及随着改变,因为这等于推翻了他从一开始往上爬所仰赖的形象。他曝光的风险已经太高了。"[6]

回顾过往,我绝大部分的恐惧显然都是没有根据的。我现在知道,人们能理解男女同性恋者所面对的压力,因此可以宽恕那些选择隔离自己一部分生命的人。我低估了朋友与同事有能力接纳完整的我,大部分的问题都源自我的脑海,而不是他们的。当我被迫承认自己的性取向时,我经历了许多令我痛苦的时刻,但最终我的世界仍继续运转。我也低估了那些已经知道(或怀疑)我是同性恋者的人究竟有多少。无论你以为自己隐藏真实自我的技巧有多好,最亲近你的人和观察入微的陌生人都可以通过衣柜的门缝看见你。许多人正静静地盼望你能自己好好地走出来,否则总有一天会有人把你硬拖出来。

如果我当时知道现在所知的一切,我就会选择早点出柜。我可以更平顺地离开英国石油公司,而且更重要的是,带着尊严离开。我本可为英国石油公司和整个商业界的男女同性恋者树立一个鼓舞人心、令人信服的好典范。我的故事里有一个关键部分是不会改变的,这正是我希望大家自己体验的部分。帕里斯在他的社论里作了如下预测:"无论布朗勋爵在接下来的几个星期里将会经历多少折磨,痛苦最多持续到年底。总有一天,早上他醒来时,会突然发现他头上悬着多年的利剑消失了。这天早上,他的苦痛里必然会带着一丝轻松。"[7]

解　放

自从我在 2007 年出柜后，社会进步的速度又加快了。许多社会越来越能拥抱多元文化与 LGBT 人群，同性恋者的朋友与家人经常为他们的出柜而喝彩。还是有些人很难接受 LGBT 社群，但他们往往是属于我这一代或年龄更大的群体。他们绝大部分的子女和孙子孙女不会和他们有同样看法，也更可能认识同性恋朋友，或在大众文化中看见正面的同性恋形象。现在英美大多数的民众支持男女同性恋者享有平等权利，包括婚姻权与职场保护。全世界越来越多人把同性恋权视为人权的一部分，尊重同性恋已经不只是宽容社会，更是文明社会的指标。接纳 LGBT 人群的社会有着共同的道德观，这份道德观最终能加强国家之间的联系。不接纳 LGBT 的社会，将被视为倒退的社会，他们会被时代遗弃。

支持同性恋的观念也进入了商界。我很确定，必须仰赖支持多元文化的政策、LGBT 资源团体和其他代表包容性的计划，才能营造出一个让同性恋可以安心出柜的环境。想消除职场歧视，并给人们出柜的信心，商界的每个人都需要随时保持警醒。有些企业走在前面，有些企业落后。我们可以观察领导者的思维与行动，据此评估带头者与落后者之间的距离。好的企业领袖给人们灌注自信，让他们能做自己。公开同性恋身份的高级经理人有绝佳的机会昭告众人，出柜不会限制同性恋成功的机会。在英国石油公司，我没有公开同性恋身份的学习楷模，也没有其他 CEO 的先例可循。在没有同性恋典范的情况下，很不幸，我也无法成为他人的典范。

问题的解答,很重要的一部分是在于领导者,然而,LGBT员工自己也应该负起推动改革的最终责任。出柜并且表现良好的人越多,他们身边的人想跟进就更容易。领导者可以鼓励员工更有自信,但只有员工自己才能凭着这股信心出柜。

辉瑞药厂的首席联络官莎莉·萨斯曼说,她曾经不得不面对选择:是否认自己有个相处25年的伴侣,还是要做真实的自己。"我在左手无名指上戴着戒指。有次我在工作面试时,面试官问我:'你先生是做什么工作的?'"萨斯曼说,"他是一位老先生,他没有恶意。在那一瞬间,我得决定要当哪一种自己。我试着尽可能保持礼貌与亲切。我告诉他,我很幸运有个很棒的伴侣,她一直很支持我的事业,我希望有一天他可以认识她。后来我得到了那份工作。我想,我能得到这份工作,是因为他充分相信我。"[8]

随着新的年轻一代晋升到具有影响力的职位,现在的许多问题将会在未来的数十年中得到解决。今天公开同性恋身份的管理高层正是他们学习的案例。然而,我们有充分理由心急,不愿意再等待。当我为写作本书进行研究时,看到未出柜员工的焦虑经验不禁让我难过。他们当中许多是近30岁的年轻人,他们这一代享受着比以往任何一代更多的自由与开放。但基于各种个人处境与经验,这些年轻男女仍旧被恐惧所困。有些受访者不愿通过电子邮件交谈,因为会留下痕迹。其他人不愿在公众场合会面,因为他们害怕被别人看到和同性恋者共处一室。所有他们的恐惧更让我坚信,在30年内仍然会有人不愿出柜。不过,我希望他们会是极端特例而不是常态。

对那些选择出柜的人来说，必须记得社会里仍有偏见，仍会持续歧视许多人群。对妇女的歧视，对少数族裔的歧视，对残疾人士的歧视，还有对矮个子、老人与肥胖人群的歧视，同性恋不是特例。

重要的是要保持警觉，但同样重要的，是知道人们有时会说些不经大脑的话，会说低俗的笑话。人们会假设他们面对的每个人都是异性恋者，但这些情形比起长期骚扰相对轻微许多。大家必须有信心，能分辨有些行为是思考不周，而有些行为是恶意攻讦。

未出柜的同性恋者还不能完全明白，他们的秘密对自己实际上造成了多大的负担。活在衣柜内的双重生活，会消耗许多心灵能量，但有些人相信，这是长期而且健康的生活之道。

但活在谎言里的代价太高了。讨厌你的性取向的只是少数人，你的生活不应该建立在讨好那些人之上。许多人能尊重真实的你，而不是你假装出来的自己，生活应该建立在与这些人创造有意义的关系上。如果你对那些不赞成你的性取向的人卑躬屈膝，认为让他们过得舒服比你自己过得舒服还重要，这是不对的。许多人没有体认到渣打银行 CEO 彼得·桑兹所说的"地下生活的隐性成本"。[9]

我们都希望人生作出一些贡献，要达成这个目标，工作是最显而易见的途径之一。出柜让我能把私人与专业两个世界合而为一。虽然我不再是 CEO，但我仍保有高度的生产力。从某些层面来说，我很确定我的生产力甚至更高了。我不再浪费时间，努力东躲西藏。

第九章 衣柜之外

现今许多 LGBT 人士享受的自由,是建立在数百年来人们的牺牲与成功上。启蒙运动的思想家质疑,领导者为什么可以将性身份视为犯罪。一些心理学家努力奋斗让同性恋归类为生活正常的一部分而非精神疾病,活跃分子、艺术家和政治人物,即使面对羞辱与暴力仍勇敢发声。大卫·霍克尼在画作里大胆地表现同性恋,詹姆斯·鲍德温(James Baldwin)勇敢地分享在异性恋者的世界里身为同性恋者的孤寂。石墙旅店的扮装皇后说过,他们不会再对压迫忍气吞声,将群起反抗手持警棍与手枪的警察。哈维·米尔克(Harvey Milk)在旧金山以支持同性恋权益为口号竞选,后来不幸遭到谋杀。每个同性恋者都承继了过往 LGBT 前人的记忆,那份环境更为严苛,更不愿接受异己的时代记忆。从男同性恋者被送上火刑台烧死的中古世纪,到杀死同性恋者的纳粹,再到今天活在世界某些角落仍受压迫的 LGBT 男女,社会的进步向来都不是齐头并进,也非永恒不变的。

在我写作本书的一年中,我了解到许多人为了活出真实的自己而作出的巨大牺牲。多亏有他们,现在的我们能比过去更抬头挺胸。我了解,许多企业、企业领袖以及员工,今天已达成种种成果,营造出更好的工作环境。这样一来,他们同时也在创造一个更健康的社会,并且通过各种重要的措施,确保我们学到过去的教训——希望这是最后一次教训。他们所作的努力,加上社会大众观念的转变,创造了世界大多数地区史无前例的风潮。从本书的各种故事中应该可以明显看出,LGBT 人群所面对的挑战正在消失。但我们仍需时时警醒,避免重蹈历史的黑暗面。对少数群体的迫害,是历史反复发生的悲剧之一。

有机会能自由生活的同性恋者应该把握这个机会。企业已经作了很多努力勾勒出愿景，但只有 LGBT 人士与他们的支持者持续耕耘，这份机会才能成真。同性恋者不应牺牲自己的幸福快乐，只为了讨好某些观念陈旧的人。把自己放在前面并不是自私，当你能展现真实的自己，你能做得更多，让世界变得更美好。

　　我的结论是经过深思熟虑才得来的。我听取了历史的警告，我也听取了年轻人或老年人的想法。为什么在他们所处的环境中，出柜可能会影响他们的事业。这里的关键词是"可能"。

　　出柜的那一刹那，可能会令人胆战心惊。但身为一个以非常公开的方式出柜的同性恋者，我可以告诉你，出柜会迫使你更真实、更透明也更勇敢。到头来，这些特质会让你过得更好，无论你已经爬了多高，或你还有多远的路要走。在绝大多数的情况下，回报绝对超过风险。

　　踏出这一步，才能打碎玻璃，展露真实美丽的自己。你的思路格局会更大，目标会更宽阔，也会比困在柜中的你更坚强自信。

致　谢

我是在天宽地阔的智利巴塔哥尼亚完成这本书的。火山、峰峦、河流、无人居住的雨林,鲜明地提醒了我,人类其实微不足道。在宇宙时空的广大向度中,没有什么是永恒不变的。然而,在我们所处的时间与环境中,有很多事的意义重大,而且会影响我们的生活。这本书反映着2013年的某一个时间点,我希望本书能献给那些因为身为男女同性恋者、双性恋者或跨性别者而感到孤单、与众不同、伤痛或困惑的人。我也希望本书能鼓励占社会多数的异性恋者站出来,对LGBT人群给予欢迎、包容与尊重。

没有众人帮忙,我就无法完成这本书。有许多人同意接受访谈,慷慨地让我占用他们的时间,我非常感谢他们。他们的名字列在致谢词之后。我也感谢那些同意为了本书接受访问,但希望保持匿名的人。我希望有一天,他们会考虑告诉全世界自己真实的一面。

盖尔·雷巴克(Cail Rebuck)最早找上我,建议我写一些关于身为同性恋者在工商界的经验。她是这本书的"教母",我很感谢她给我写出这本书的信心。

本书从构思到出版,我的经纪人艾德·维克托(Ed Victor)提供了一贯的明智建议。我在英国兰登书屋(Random House)的出版人艾德·福克纳（Ed Faulkner）以及美国哈珀科林斯出版社（HarperCollins）的出版团队乔纳森·伯纳姆（Jonathan Burnham）与霍利斯·海姆鲍奇（Hollis Heimbouch）提供了无价的指引。我感谢每一个人在过去的 18 个月内提供的评语、建议与智慧。

我很幸运拥有一群朋友与同事，他们慷慨地用他们的时间仔细地审阅本书的初稿。我诚挚感谢著名作家、犯罪推理作家协会金匕首奖得主布莱恩·马斯特斯（Brian Masters）和小说家兼克里斯多夫·伊舍伍德（Christopher Isherwood）日记的编辑凯特·巴克内尔（Kate Bucknell），当我进行针对高等教育的回顾研究，以及后来当我担任英国政府项目独立主任时，对我照顾有加的前英国文职部门主任、小说家，现任"社会市场基金会"会长的艾姆兰·米安（Emran Mian），我过去的英国石油公司同事、现任职于瑞通集团的同事本·莫克塞姆（Ben Moxham），我的好友兼重要顾问大卫·叶兰德（David Yelland），我在英国的宣传员马克·哈钦森（Mark Hutchinson），渣打银行 CEO 彼得·桑兹，英国石油公司高级主管戴尚亚（Dev Sanyal），介绍我认识鲁安·博恩与《午餐》杂志的好友吉妮·萨维奇，从 2007 年初就参与我的故事的优秀律师罗德·克里斯蒂米勒（Rod Christie-Miller）及非常仔细、专注审阅本书引用的计量研究，前途一片光明的年轻社会主义者本·理查兹（Ben Richards）。

我的幕僚长马修·鲍威尔（Matthew Powell）在他可观的工作量之上又做了各式各样的编辑工作。我的项目总监汤米·斯塔登（Tommy Stadlen）也提供了自己的专长，把晦涩的字句改写得易懂好读。与我工作多年的执行助理莎拉·派因特（Sarah

Paynter），对我在英国石油公司的最后几天做出了她自己的描述，帮助我回忆在2007年收到的一波波令人鼓舞的支持邮件——她保留了每一封信。他们每个人所做的事情都远远超过我的请求，我对此深表感谢。

威廉·亚当斯（William Lee Adams）花了超过一年的时间帮助我完成这本书。他是一位优秀的专业记者、研究者与作家，对LGBT议题有充分的了解，他的文笔十分优雅且幽默，我感谢他所做的一切。没有他，这本书就不可能成形。

我也要感谢我的伴侣阮义（Nghi Nguyen，音译），感谢他不只在各方面支持我，特别感谢他在我们到乌拉圭和智利旅行时帮忙作最终的修订。因为有他，这趟完稿之旅非常值得。

最后我要感谢所有塑造我人生的人，无论是好是坏，特别是我的同性恋朋友们，他们是这本书的基础。

约翰·布朗
写于伦敦与巴塔哥尼亚

人物简介

查尔斯·艾伦(Charles Allen):全球无线电视集团(Global Radio Group)和两姊妹食品集团(2 Sisters Food Group)董事长,曾任独立电视台(ITV)、格拉纳达集团(Granada Group)与金巴斯集团(Compass Group plc)CEO。他是英国上议院的终身贵族,并担任伦敦奥运与残奥会筹办委员会委员。

李·巴吉特(M. V. Lee Badgett):麻省大学阿默斯特分校(University of Massachusetts Amherst)公共政策与行政中心主任,也是加利福尼亚州大学洛杉矶分校威廉斯学院(Williams Institute)的资深学者。著有《当同性恋结婚:当社会让同性婚姻合法化会发生什么事》(When Gay People Get Married: What Happens When Societies Legalize Sam-Sex Marriage)。

泰迪·巴沙姆-瑟林顿(Teddy Basham-Witherington):曾任国际同性恋组织 InterPride 联合总裁。

安东妮亚·贝尔彻(Antonia Belcher):伦敦一所独立建筑顾问公司 MHBC 的创办合伙人。她也担任特许测员训练基金(Chartered Surveyors Training Trust)的董事,这家基金公司为各种学历、社会或经济背景的年轻人,提供担任实习测量员的机会。

帕蒂·贝林杰(Patti Bellinger):哈佛大学肯尼迪学院公众领

袖中心的执行主任与兼职讲师,曾任哈佛商学院高层管理教育执行主任、英国石油公司伦敦办公室的全球多元性与包容性集团副总裁。

莎莉丝·贝里(Selisse Berry):"职场出柜平等倡议者"的创办人兼 CEO,这个组织旨在为男女同性恋者、双性恋者与跨性别者创造安全、平等的职场环境,是世界最大的非营利性组织。她是《职场出柜平等》(Out & Equal at Work)的编辑,并分别从得州大学以及旧金山神学院获得教育硕士及神学硕士。

迈克尔·毕晓普(Michael Bishop):曾是英伦航空(BMI)主要股东以及第四频道(Channel 4)董事长。他是英国上议院终身贵族,也是第一个公开出柜的英国企业家。

盖伊·布莱克(Guy Black):电讯媒体集团的执行董事,《每日电讯报》(*Daily Telegraph*)与《周日电讯报》(*Sunday Telegraph*)的新闻出版人。他也是英国上议院终身贵族。

约翰·博斯科(John Bosco):南安普敦心理健康支持工作者与簿记员。在 2001 年警察对同性恋社群的一场镇压后,他逃离自己所出生的国家乌干达来到英国。

克劳迪娅·布兰伍蒂(Claudia Brind-Woody):IBM 知识产权授权部门副总裁兼总经理,IBM 企业高管 LGBT 多元性小组共同组长。她同时也是浪达法律基金会(Lambda Legal)与约翰·斯特尼斯政府学院(John C. Stennis Institute of Government)董事会成员。

贝丝·布鲁克(Beth Brooke):安永会计师事务所全球公共政策副总裁,同时也是该公司全球执行委员会成员。《福布斯》连续 6 次将她列为全世界最有影响力的 100 位女性之一。

蕾妮·布朗（Renee Brown）：北卡罗来纳州夏洛特市（Charlotte）富国银行集团的资深副总裁兼社交媒体经理。她是一位公开身份的同性恋妈妈，同时担任"职场出柜平等倡议者"董事会成员。

卡罗尔·卡梅伦（Carole Cameron）：洛克希德马丁的机械工程高级经理，负责设计各种太空航具与火箭组件。她担任员工团体"LGBT 骄傲"（LGBT Pride）理事会成员，并曾在多个全国多元性会议中，代表洛克希德马丁发表演说。

迈克尔·卡什曼（Michael Cashman）：在欧洲议会担任英国西米德兰兹郡（West Midlands）的工党代表，并曾在 1998—2012 年担任工党全国执行委员会委员。他是著名的演员与歌手，最广为人知的演出也许是他在 BBC 肥皂剧《东区人》中饰演柯林·罗素（Colin Russell）一角。

贾斯汀·切尼特（Justin Chenette）：美国最年轻的公开身份同性恋议员，他在 21 岁时获选为缅因州议会议员。担任青年核心小组的副主席，也是民选青年官员网络（Young Elected Officials Network）州理事，以及萨科湾公众参与中心（Saco Bay Center for Civic Engagement）创办人兼董事长。

达伦·库珀（Darren Cooper）：LGBT 议题首屈一指的专业顾问公司"出柜趁现在"（Out Now）的资深顾问。他为柏林旅游（VisitBerlin）、劳埃德银行集团（Lloyds Banking Group）、巴克莱信用卡（Barclaycard）等重要组织，推动开创性的多元性计划、研究与针对 LGBT 人群的宣传计划。

乔纳森·库珀(Jonathan Cooper)：位于伦敦的人权组织人权尊严基金会(Human Dignity Trust)CEO，这个组织致力于全世界同性恋除罪化。他是英国执业出庭律师，合作对象包括英国外交及联邦事务部、司法部、内政部与检控署。

克里斯·克雷斯波(Chris Crespo)：安永会计师事务所的美洲包容性卓越中心主任，也是该公司LGBTA认同团体"超越"(Beyond)的共同创办人。她领导安永会计师事务所在美国与加拿大的包容性与变通性计划，特别专攻专业网络与LGBTA包容性策略。

米兰达·柯蒂斯(Miranda Curtis)：水磨石连锁书店(Waterstones)董事长，以及玛莎百货(Marks & Spencer)与自由全球公司(Liberty Global Inc.)的非执行董事。在自由全球公司服务的20年间，她曾经商议并管理欧洲与亚太地区(特别是日本)的合资公司。

黛博拉·达吉特(Deborah Dagit)：22年内曾担任3家财富200强企业的首席多元化官。目前她是一家多元性与包容性顾问公司 debdagitdiversity.com 的总裁。她向来支持LGBT，并且有明显残疾，经常受邀讲述自己独特的人生与专业旅程。

杰夫·戴维斯(Jeff Davis)：巴克莱银行伦敦分公司总经理兼资本市场全球主管。他也担任道琼斯公司(Dow Jones & Company)运营官与分公司总裁，也是CBS市场情报公司(CBS MarketWatch, Inc.)执行副总裁。

拉尔夫·查伯特(Ralph de Chabert)：位于肯塔基州路易斯维尔市的百富门公司的首席多元化官。曾领导麦克森(McKesson

Corporation)的多元性与包容性计划,并担任西夫韦(Safeway)的首席多元化官。

玛丽亚·德拉欧(Maria De La O):旧金山地区记者,报道 LGBT 与其他议题超过 20 年。她最近担任《华盛顿邮报》的《她们人民》(She the People)博客专栏作家,并正在制作一部关于约旦河西岸妇女筹组乐团的纪录片。

丹尼斯·狄森(Denis Dison):位于华盛顿特区的男女同性恋胜利基金会(Gay & Lesbian Victory Fund and Institute)计划部资深副总裁。他管理的团队负责为公开身份的 LGBT 公众领袖提供训练课程与高管发展计划。

贾斯汀·唐纳修(Justin Donahue):甲骨文(Oracle)硅谷办公室的企业软件安装首席顾问。他完成洛克希德马丁的领导发展课程,并曾担任洛克希德马丁太空系统公司(Space System Company)同性恋骄傲游行组织的会长。

杰克·德雷舍(Jack Drescher):纽约私人执业的精神科医师与心理分析师。曾任精神病学研究促进小组(Group for the Advancement of Psychiatry)会长、美国精神科医师协会特聘研究员,以及美国精神科医师学会 GLB 议题委员会会长。

托德·埃文斯(Todd Evans):瑞文戴尔媒体公司(Rivendell Media)的总裁兼 CEO,这家 LGBT 媒体公司代表了绝大多数美国与加拿大全国广告媒体中发行的 LGBT 广告。托德也是 LGBT 专业媒体人的行业时事通讯《记者证 Q》(Press Pass Q)的发行人。

克里斯·法默(Chris Farmer):贝恩策略顾问公司(Bain &

Company)公共关系主任,以及该公司同性恋团体 BGLAD 成员。他曾是牛津辩论社(Oxford Union)社长。

加里·费尔泰格(Gary Feiertag):英国石油公司策略绩效经理,也是特许会计师。他曾是英国石油公司的英国 LGBT 员工网络会长,现在仍是 LGBT 职场平等的推动者。

迈克·费尔德曼(Mike Feldman):施乐集团大型企业营运部总裁,并担任"职场出柜平等倡议者"理事会成员。在加入施乐前,他在惠普工作了 24 年。

弗朗索瓦·富依拉特(Francois Feuillat):跨国律师事务所文森艾尔斯(Vinson & Elkins)伦敦办公室的合伙人。他是复杂跨国并购案的专家,他提供顾问服务的能源并购案总值超过 1000 亿美元。

蒂娜·菲达斯(Deena Fidas):位于华盛顿特区的人权运动组织(Human Rights Campaign)职场平等项目主任。她曾为美国公民自由联盟(American Civil Liberties Union)与希拉里·克林顿(Hilary Clinton)总统竞选团队进行募款活动。

杰斐逊·弗兰克(Jeff Frank):伦敦大学皇家霍洛威与贝德福德新学院(Royal Holloway and Bedford New College)经济学教授,他是经济学系的创始系主任。曾在哈佛大学与加利福尼亚州大学伯克利分校教授金融。

阿德里安·富尔福德(Adrian Fulford):英格兰和威尔士上诉法院法官。他是海牙国际刑事法院(International Criminal Court)最早宣誓就职的 18 位法官之一,2003—2012 年在国际刑事法院服务。

人物简介

托马斯·根斯莫(Thomas Gensemer):全球公共关系公司博雅(Burson-Marsteller)的美国首席战略官。他曾是蓝州数码(Blue State Digital)的经理合伙人兼CEO。

艾丹·吉利根(Aidan Denis Gilligan):跨国顾问公司"科学沟通——把科学变好懂"(Sci-Com-Making Sense of Science)的创办人兼CEO,这家公司专精于为政府与非政府团体进行复杂的科学沟通。他曾担任欧洲学院(College cf Europe)与欧盟委员会的多项资深公关职位,并成为欧洲科学会(Euroscice)理事会一员。

艾伦·吉尔莫(Allan Gilmour)曾任福特汽车副董事长以及韦恩州立大学(Wayne State University)校长。他担任多家企业的董事,包括陶氏化学(Dow Chemical)、保德信金融集团以及惠而浦(Whirlpool)。

凡迪·格伦(Vandy Beth Glenn):佐治亚州迪凯特县(Decatur)的自由作家兼编辑。她是重要的民权诉讼案"格伦诉布朗毕"(Glenn v. Brumby)的原告。

史蒂芬·戈尔登(Stephen Golden):高盛集团亚太地区全球领导与多元性主管。他和他的民事伴侣理查德住在香港。

安娜·格罗茨卡(Anna Grodzka):波兰第一位公开身份的跨性别国会议员,她也是国会女性小组的活跃成员。她还担任艾尔玛出版社(Alma Press)总裁,也是波兰军队的高级学员上士。

卡皮尔·古普塔(Kapil Gupta):伦敦的人权尊严基金会(Human Dignity Trust)研究员。他获得欧盟奖学金(Erasmus Mundus)的资助,完成人权实践硕士学位,并拥有印度博帕尔市(Bhopal)国家法律学院大学(National Law Institute University)学士学位。

希里·哈里森(Siri Harrison)：国际知名的临床心理师，专长为LGBT社群提供支持性心理治疗。她目前在伦敦城中区执业，并经常给媒体供稿，教育大众了解LGBT健康相关议题。

阿普丽尔·霍金斯(April Hawkins)：职场出柜平等倡议者的公关经理。她拥有特拉维夫大学的中东研究硕士学位，目前是北加利福尼亚州全国男女同性恋记者会成员。她曾与位于以色列特拉维夫的联合国难民署共事。

卡斯·希尔德布兰德(Caz Hildebrand)：位于伦敦的设计工作室"赫尔设计"(Here Design)创办合伙人，这家工作室的客户包括泰晤士&赫德逊出版公司(Thames & Hudson)，以及维多利亚和阿尔伯特博物馆(Victoria and Albert Museum)。她也是图片食谱《面条几何》(The Geometry of Pasta)的作者。

托马斯·希策尔斯佩格(Thomas Hitzlsperger)：退役足球运动员，曾在欧洲顶级的足球俱乐部踢球，包括阿斯顿维拉队(Aston Villa)、西汉姆与斯图加特(West Ham and Stuttgart)、德国国家队。2014年1月，他成为英超联赛(Premier League)首位出柜的球员。

朱莉亚·霍格特(Julia Hogget)：美国银行美林证券董事总经理，她负责取得短期固定收益、担保债券、金融机构现金流融资，以及欧洲、中东与非洲(EMEA)地区绿色债券资本市场。她也是该企业的LGBT EMEA组织网络的共同主席。多年来致力于推广金融服务业多元性与包容性政策。

杰夫·霍兰德(Jeff Holland)：对冲基金公司"狮门资本管

理"(Liongate Capital Management)的联合创办人,该公司管理资产达70亿美元并提供咨询服务。《机构投资者》(*Institutional Investor*)称他为"对冲基金的明日之星",《金融新闻》(*Financial News*)将他列为对冲基金"40岁以下的40个名人"(40 Under 40)之一。

伊恩·约翰逊(Ian Johnson):LGBT顾问公司"出柜趁现在"的CEO。媒体曾描述他为"全球LGBT思潮领导者",曾为政府机构、非政府组织与许多世界知名企业提供咨询,指引客户如何了解并满足LGBT人群的需求。

汤姆·约翰逊(Tom Johnson):位于加利福尼亚州奥克兰市的高乐氏公司总会计师兼财务总监。他是该公司LGBT员工资源团体的"高乐氏骄傲"(Clorox Pride)创始成员,也是职场出柜平等倡议者理事会主席。

宾纳·坎多拉(Binna Kandola):伦敦一家企业心理咨询公司波恩坎多拉(Pearn Kandola)的资深合伙人与共同创办人。他是《差异的价值:消除组织中的偏见》(*The Value of Diffbence: Eliminating Bias in Organizations*)等多本著作的作者。

艾瑞卡·卡普(Erika Karp):顾问公司"基石资本"的创办人兼CEO,这家公司用可持续金融与经济的原则,促进全球资本的流动。她曾是瑞银投资银行(UBS Investment Bank)的全球研究部门主任,也是可持续会计准则委员会(Sustainability Accounting Standards Board)的创始理事成员。

比利·金(Billie Jean King):曾是世界排名第一网球选手,共赢得39个大满贯单打、双打与混双奖项。她因为倡议女权与

LGBT 社群，获得 2009 年总统自由奖章。

达米安·李森（Damian Leeson）：乐购（Tesco）公共政策主任。曾任 FTI 顾问公司公共政策总经理，以及英国保诚（Prudential PLC）集团公共事务主任。

安娜·曼（Anna Mann）：顶尖跨国猎头与董事会顾问公司 MWM 的共同创始人。她曾为许多世界一流企业担任董事会表现、能力与继任的专业顾问。

伊凡·马索（Ivan Massow）：实业家，也是伦敦当代艺术学院的前主席。1990 年，他成立了英国第一家针对同性恋客户的金融顾问公司，他的许多客户因为性取向而面对高额房贷与保险金问题。

布莱恩·麦克诺特（Brian McNaught）：从 1974 年起从事男女同性恋、双性恋、跨性别议题的教育工作，十分受欢迎，他曾向全球企业领导者演说相关的职场议题。《纽约时报》称他"同性恋多元性训练课程教父"。他著有 6 本书，并担任 7 部教育 DVD 的主角。

威廉·莫兰（William J. Moran, Jr）：华盛顿特区的美林证券资深副总裁，也领导美林证券的全国 LGBT 金融服务团队，并在该公司多元性与包容性委员会任职，同时担任许多 LGBT 非营利性组织的理事。

彼得·默里（Peter Murray）：是位于伦敦的公共事务专业人士。他在设计师、策划师、工程师、顾问组成的独立公司奥雅纳（Arup）担任政府事务部门主任。

玛蒂娜·纳芙拉蒂洛娃（Martina Navratilova）：曾是世界排名

第一网球选手,共赢得59次大满贯单打、双打、混双奖项。她目前是非营利性组织"运动员联盟"(Athlete Ally)顾问委员会的一员,致力于消除体育界的恐同与恐跨性别心理。

鲍伯·佩吉(Bob Page):替代公司(Replacements Ltd.)的创始人与CEO,替代公司是世界最大的新旧瓷器、水晶、银器与收藏品零售商。他是全国知名的LGBT平权斗士,与25年的伴侣戴尔·弗雷德里克森(Dale Frederiksen)住在北卡罗来纳,育有二子,莱恩与欧文。

特雷弗·菲利普(Trevor Phillips):位于伦敦的"国家平权标准"(National Equality Standard)指导委员会副主席,同时也担任位于纽约的"人才创新中心"(Center for Talent Innovation)主任。曾任英国"平等与人权委员会"(Equality and Human Rights Commission)主席,并著有《帝国疾风号:多种族英国无可抗拒的兴起》(*Windrush: The Irresistible Rise of Multi-Racial Britain*)。

马丁·波普尔韦尔(Martin Popplewell):位于伦敦的媒体顾问公司"椰子通讯"(Coconut Communications)负责人。曾是BBC受训研究生,后来成为BBC新闻频道与天空新闻台(Sky News)播音员。

兰斯·普莱斯(Lance Price):位于伦敦的慈善团体"万花筒基金会"(Kaleidoscope Trust)的创办人以及执行董事。万花筒基金会举办活动支持全世界LGBT人群的人权。曾任布莱尔首相的特别顾问,并曾经是工党公关主任。

保罗·里德(Paul Reed):英国石油公司"综合供给与贸易"(Integrated Supply and Trading)业务CEO,负责石油与天然气生产销售、原物料精炼、燃料供应营销,以及英国石油公司集团所有的交易活动。他担任英国石油公司 LGBT 团体的执行发起人。

玛格丽特·里根(Margaret Regan):全球咨询公司"未来工作学院"(FutureWork Institute)的总裁兼 CEO,致力于处理多元性与包容性等职场议题。曾为许多大型全球企业担任顾问,研究并处理北美洲、欧洲、拉丁美洲、亚洲与非洲的各种议题。

瑞秋·里斯金德(Rachel Riskind):吉尔福德学院(Guildford College)的心理学助理教授。研究主题包括性取向、生育健康与偏见。她搜集并分析内隐联想测验(implicit association test,IAT)资料,有多年经验。

伊凡·斯卡尔法罗(Ivan Scalfarotto):意大利国会议员,民主党前副主席。2010 年创立了非营利性组织"园地——自由与平等"(Parks – Liberi Uguali),致力于帮助意大利企业实施 LGBT 员工机会平等政策。

托德·西尔斯(Todd Sears):策略顾问公司"完结领导"(Coda Leadership)创办人兼所有人,致力于帮助企业多元性与包容性活动与企业宗旨保持一致。他也是"出柜领导者"(Out Leadership)的创办人,负责举办针对纽约、伦敦、香港金融服务界的"站出华尔街"(Out on the Street)LGBT 领导高峰会。

大卫·谢利(David Shelley):伦敦利特尔 & 布朗出版集团出版者。他合作编辑出版的作者包括米奇·艾尔邦(Mitch Albom)、马克·比林汉姆(Mark Billingham)、J. K. 罗琳、薇儿·麦克德米德(Val McDermid)。

安东尼奥·西摩斯(Antonio Simoes):英国汇丰银行总裁,曾是麦肯锡顾问公司(McKinsey & Co.)合伙人以及高盛集团助理分析师。2009年世界经济论坛(World Economic Forum)任命他为全球青年领袖,2013年出柜商界领袖(OUTstanding in Business)排行榜中高居第一位。

克里斯·史密斯(Chris Smith):英国环境署(Environment Agency)署长,也是英国上议院终身贵族。在1984年,他成为英国第一个公开同性恋身份的国会议员,并曾担任文化、新闻与体育大臣。

柯克·斯奈德(Kirk Snyder):南加利福尼亚州大学马歇尔商学院(Marshall School of Business)助理教授。他是商界多元性议题与包容性领导方面公认的专家。著有《同性恋商数》(*The G Quotient*)与《通往成功的粉紫之路》(*Lavender Road to Success*)等书。

马丁·索瑞尔(Martin Sorrel):从1986年起担任跨国广告公关公司WPP集团CEO。他也担任一级方程式(Formula one)与美国铝业公司(Alcoa Inc.)的非执行董事。

玛格丽特·斯通普(Margaret S. Stumpp):量化管理咨询公司(Quantitative Management Associates)的资深顾问。在此之前她在该公司担任投资总监超过20年。她参与资产分配、有价证券选择、建立投资组合的量化研究,拥有布朗大学(Brown University)经济学博士学位。

凯伦·桑伯格(Karen Sumberg):目前在Google多元性部门服务。她曾在"人才创新中心"服务八年,领导"出柜的力量"(The Power of Out)与"出柜的力量2.0"(The Power of Out 2.0)

等研究计划。

本·萨默斯基尔(Ben Summerskill):位于伦敦的男女同性恋与双性恋平权组织"石墙"CEO。曾任英国"平等与人权委员会"委员。

莎莉·萨斯曼(Sally Susman):世界顶尖生物医药公司辉瑞药厂企业事务执行副总裁。她也担任国会图书馆信托基金(Library of Congress Trust Fund)、WPP、国际救援委员会(International Rescue Committee)与美印商业委员会(US India Business Council)董事会成员。

迈克·赛耶斯(Mike Syers):安永会计师事务所合伙人,负责房地产与旅馆方面的纽约事务顾问服务。他是安永会计师事务所LGBTA员工团体的创始成员,也是该公司包容性合伙人咨询委员会的成员之一。

罗莎琳·泰勒·欧尼尔(Rosalyn Taylor O'Neale):多元性顾问公司库克罗斯(Cook Ross)的首席顾问,并著有《成功的七个关键:解放多元性的热情》(*Seven Keys to Success: Unlocking the Passion for Diversity*)。2008—2012年,担任金宝汤公司的副总裁与首席多元性与包容性主任。

布鲁克·华德(Brook Ward):英国石油公司位于休斯敦的北美天然气与能源事业小组的天然气结算经理。从英国石油公司企业资源团体"英国石油公司骄傲"(BP Pride)开创时,他就是该团体的活跃成员,目前是该团体美国区的全国领导之一。

史蒂夫·沃德洛(Steve Wardlaw):跨国律师事务所贝克博茨(Baker Botts)伦敦办公室的合伙负责人。曾任莫斯科办公室的合伙负责人,有丰富经验为能源公司、主管机关与政府机构在亚洲、欧洲与中东地区的能源领域计划提供咨询。

里克·韦尔茨(Rick Welts):金州勇士队的总裁兼首席运营官。同时也担任菲尼克斯太阳队总裁,以及 NBA 产权公司(NBA Properties)执行副总裁、营销总监与总裁。

鲍比·威尔金森(Bobby Wilkinson):位于得州圣安东尼奥(San Antonio)的美国汽车协会保险与金融服务(USAA Insurance and Financial Services)会员体验小组助理副总裁。担任职场出柜平等倡议者与圣安东尼奥骄傲游行中心(San Antonio Pride Center)理事会成员。

加文·威尔斯(Gavin Wills):高盛集团欧洲、中东与非洲企业服务与房地产业务主任。他的工作地点在伦敦,也担任高盛集团在该地区的 LGBT 联合主管。

丹尼尔·温特费尔特(Daniel Winterfeldt):金马伦麦坚拿律师事务所(CMS Cameron McKenna)伦敦办公室的跨国资本市场主任、多元性与包容性合伙人。同时也是 LGBT 网络互联法律多元论坛(InterLaw Diversity Forum for LGBT Networks)的创办人兼共同会长,2012 年《金融时报》称他为"年度法律创新者"。

鲍伯·卫特(Bob Witeck):位于美国的卫特康通信公司(Witeck Communications)总裁,并著有《商业从内而外》(*Business Insider Out*)。他是通信策略专家、实业家,也是 LGBT 人口学、市场研究和媒体关系的先驱者。

查克·沃尔夫(Chuck Wolfe):男女同性恋胜利基金会与学院总裁兼 CEO。他也担任母校史丹森大学(Stetson University)董事会成员。

克劳斯·沃维莱特(Klaus Wowereit)：现任柏林市长。也曾担任德国联邦议会会长，以及社会民主党副主席。

路易斯·扬(Louise Young)：职业生涯的大部分担任得克萨斯州仪器公司与雷神达拉斯办公室的软件工程师。她广为人知的事迹是以女同性恋活跃分子而著称，特别是在职场平等议题上颇为积极。

注 释

关于统计数据的说明

本书引用的统计数据，来自各式各样的研究。我们小心地检视每一个统计数据的来源，包括每一项研究的方法，也检视它们是否适用来支持本书的各种论点。我们用批判性的角度检视每一个来源及其方法，然而，对于这些统计数据的可靠性，我们也必须提供整体性的评论与修正。每一项引用的研究，都可能有两种误差来源：一种与采样方式有关；另一种则与未抽样反应误差有关，特别是因为人们认为，性取向与性别认同是敏感性问题。

关于抽样方式可能产生的误差，一般来说，本书引用的研究分为三类。第一类使用基于概率抽样的全国性调查数据，这是最可靠的研究类型，可针对某个特定的群体（通常是全国性群体）产出相当可靠的统计数据。第二类使用的数据，来自未使用概率抽样的调查；也就是说，某些群体受访的概率可能会比其他群体高。相反地，这些研究以加权的方式，试图使数据在某种程度上能代表一般大众。这种抽样方式的可靠性不如第一类，所以这类研究的数据必须更小心解读。然而，为了取得像 LGBT 这类少数群体的资料，有时这些研究方式是必要的，因为完全使用概率抽样的调查往往没有相关的问题，也因为第二类调查更容易也更便宜。第三类研究采用更深入的面谈，但并没有任何让数据能代表一般大众的企图。使用这种方式的调查可以产生有趣的观点,帮助我们了解受访者描述的经验,但通过这种方式产生的数据只能用来代表受访者,不能延伸到任何其他群体。

在引用数据比较一般大众(通常是全国大众,例如美国或英国)中不同群体的差异时,本书尽可能使用第一类研究。然而关于性别认同、性取向,以及 LGBT 人群在职场上的经验等问题,往往不包含在大规模概率抽样全国调查中。在这种情形下,我们引用第二类研究的统计数据,不过对待这类研究结果的态度应该更小心。本书使用第三类研究来说明特定人士的生命故事、经验与动机。关于跨性别者的数据有时非常难以搜集,所以要了解某些群体的经验,第三类研究特别重要。然而,当我们引用这些研究时,必须注意它们的结果不能代表其他人,例如全美国所有的跨性别者。当引用第三类研究时,读者应该注意,这些研究也许不能代表全体。

不过,调查数据误差也可能源自未抽样反应误差。如果问题特别敏感,例如关于性别认同与性取向,以及受访者对工作场合偏见与歧视的互动经验,这种误差特别可能产生问题。如果调查问题让人感到敏感,可能有三种原因。第一,受访者可能感到问题本身太过于侵犯隐私;第二,诚实回答问题可能会带来风险;第三,受访者的答案可能会受到"社会期许偏误"(social desirability bias)的影响。侵犯隐私的意思是,在进行调查的特定文化中,如果受访者认为某个问题特别隐私或禁忌,受访者可能会拒绝回答。如果回答问题的群体和拒绝回答的群体之间,存在整体性的差异,拒绝回应的情形可能会让研究结果特别难以解读。如果诚实回答问题会带来风险,受访者可能会倾向于不透露这类危险信息,因此造成偏差。例如,发问者请受访者回答使用毒品等非法行为。相反地,"社会期许偏误"的意思是,受访者倾向于承认符合社会期望的特质与行为,否认不符合社会期待的特质行为。这种偏误,代表受访者较可能报告社会表面上所期待的态度与行为,而较不可能报告社会并不期待的态度与行为。有些经验性研究试图评估这类偏误的分量,研究者发现,在民调类型的问题中,有相当大比例的受访者未如实报告同性性行为与双性恋或同性恋身份。证据显示,受访者也可能漏报恐同态度。研究者可以通过特殊研究设计,例如确保受试者填答时没有访谈者在场,在某种程度上减少这类偏误。然而,这类偏误也许不可能完全消除,因此应小心对待本书引用的统计数据。

欲知进一步资讯,请参考:

· Bryman, A., *Social Research Methods* (Oxford:Oxford University Press, 2012).

· Coffman, K., Coffman, L. and Marzilli Ericson, K., 'The Size of the LGBT Population and the Magnitude of Anti-Gay Sentiment are Substantially Underestimated', National Bureau of Economic Research, NBER Working Paper No. 19508(2013).

· Krumpal, I., 'Determinants of social desirability bias in sensitive surveys:a literature review', *Quality and Quantity*, 47(4):2025 – 2047(2013).

· Tourangeau, R. and Yan, T., 'Sensitive Questions in Surveys', Psychological Bulletin, 133(5):859 – 883(2007).

前言

1. Hewlett, Sylvia Ann; Sears. Todd; Sumberg, Karen; Fargnoli, Christina, 'The Power of Out 2.0:LGBT in the Workplace', Center for Talent Innovation, 2013, P.1.

2. Ibid., p.27.

第一章 捉迷藏

1. Cowell, Alan, 'BP Chief Resigns Amid Battle With Tabloid', *The New Yort Times*, 1 May 2007. Acccssed via the *The New York Times* website：http://www.nytimes.com/2007/05/01/business/worldbusiness/01cnd-oil.html?pagewanted=all&_r=0.

2. Smith, David, 'Four decades of glory ruined by a white lie', *Guardian*, 6 May 2007. Accessed via the *Guardian* website：http://www.theguardian.com/media/2007/may/06/pressandpublishing.oilandpetrol.

3. 在第二次世界大战后,意大利企业家恩里科·马太伊(Enrico Mattei)发明了"七姊妹"一词来描述掌控全球石油业的盎格鲁-撒克逊企业。这些企业包括盎格鲁-波斯石油公司(Anglo-Persian Oil Company,英国石油公司的前身)、海湾石油(Gulf Oil,现为雪佛龙集团的一部分)、加利福尼亚州标准石油(现为雪佛龙集团的一部分)、德士古(Texaco,现为雪佛龙集团的一部分)、皇家荷兰壳牌、新泽西标准石油,以及纽约标准石油。后两者最终合并成为埃克森美孚(ExxonMobil)。到了20世纪60年代末,这些企业控制了全世界85%的石油储备量。

4. 1981年6月5日,美国疾病控制与预防中心针对洛杉矶的5位男同性恋者罹患的某种不寻常疾病发布了第一份官方报告。美联社与《洛杉矶时报》报道了这则新闻,全国医师开始向美国疾病控制与预防中心通报类似案例。到了该年底,医师一共通报了270个男同性恋者出现严重免疫缺乏的案例。欲知更多关于艾滋病病毒(HIV)/艾滋病(AIDS)的历史,请参考AIDS.gov网页"AIDS的时间线"(Timeline of AIDS)。

5. Levy, Geoffrey, 'Lord Browne：The Sun King who lost his

shine', *Daily Mail*, 1 May 2007 Accessed via the *Daily Mail* website: http://www.dailymail.co.uk/news/article-451947/Lord-Browne-The-Sun-King-lost-shine.html.

6. Macalister, Terry, 'A year that went from turbulent to terminal,' *Guardian* 2 May 2007. Accessed via the *Guardian* website: www.theguardian.com/media/2007/may/02/pressandpublishing.business1.

7. Cavafy, C. P., *Passions and Ancient Days*, translated by Edmund Keeley and George Savidis(New York: The Dial Press, 1971), p.31.

第二章 美丽与偏执

1. 历史学家与考古学家不确定这个杯子是在哪里发现的。然而,20世纪早期的报告显示,学者发现这个杯子埋于距离耶路撒冷大约6英里的毕提尔(Bittir)。参考Williams, Dyfri, The *Warren Cup* (London: The British Museum Press, 2006), pp.47-8。

2. Morrison, Richard, 'The somnolent jenues of la belle France', 17 January 2003. Accessed via *The Times* (of London) website: http://www.thetimes.co.uk/tto/opinion/columnists/richardmorrison/article2045296.ece.

3. Frost, Stuart, 'The Warren Cup: Secret Museums, Sexuality, and Society' in *Gender, Sexuality and Museums: A Routledge Reader*, edited by Amy K. Levin(New York: Routledge, 2010), p.144.

4. MacGregor, Neil, *A History of the World in 100 Objects*, Episode 36, Warren Cup. Radio transcript accessed via the BBC website: http://www.bbc.co.uk/ahistoryoftheworld/about/transcripts/episode36/.

5. 玛格丽特·尤瑟纳尔在一篇介绍希腊诗人康斯坦丁·卡瓦菲诗集的文章中,用这些文字来赞颂他的同性恋倾向。参考Yourcenar, Marguerite, *Présentation critique de Constantin Cavafy 1863-1933*,

suivied' une traduction des Poèmes par Marguerite Yourcenar et Constantin Dimaras(Paris: Gallimard, 1978), p. 41;cited in White, Edmund, *The Burning Library: Writings on Art, Politics and Sexuality*, 1969 – 1993 (London: Picador, 1995), pp. 350 – 1。

6. Aldrich, Robert, 'Homosexuality in Greece and Rome' in *Gay Life and Culture: A World History*, edited by Robert Aldrich(London: Thames & Hudson, 2006), pp. 29 – 30

7. Ibid. , p. 30.

8. 参考 Plutarch's *Erotikos*(761d):以及 Dowden, Ken, *The Uses of Greek Mythology* (New York: Routledge, 1992), p. 147

9. Neill, James, *The Origins and Role of Same-sex Relations in Human Societies*(Jefferson: McFarland & Company, 2009), p. 147

10. Aldrich, Robert and Wotherspoon, Garry, *Who's Who in Gay and Lesbian History*(London: Routledge, 2001), p. 174

11. 《圣经·利未记》有两段提到同性恋。《圣经·利未记》18. 22 写道:"不可跟男人同寝,像跟女人同寝;这是可憎恶的事。"《圣经·利未记》20. 13 则写道:"男人若跟男人同寝,像跟女人同寝,他们二人行了可憎恶的事,必被处死,血要归在他们身上。"

12. Ellis, Havelock, *Studies in the Psychology of Sex: Sexual Inversion*(Honolulu: University Press of the Pacifi c, 2001), p. 207.

13. Naphy, William, *Born to Be Gay: A History of Homosexuality* (Stroud: Tempus, 2006), p. 100.

14. 同上;亦见 Fone, Byrne, *Homophobia* (New York: Picador USA, 2000), pp. 186 – 7。

15. Fone, p. 192.

16. Naphy, p 109;亦见 Rocke. Michael J. , *Forbidden Friend-*

ships: *Homosexuality and Male Culture in Renaissance Florence* (New York: Oxford University Press, 1996), pp. 20 – 1。

17. Fone, p. 193.

18. Parkinson, R. B., *A Little Gay History: Desire and Diversity Across the World* (London: The British Museum Press, 2013), p. 74.

19. Corriveau, Patrice, *Judging Homosexuals: A History of Gay Persecution in Quebec and France* (Vancouver: UBC Press, 2011), p. 165.

20. Frank, David John; Boutcher, Steven A.; and Camp, Bayliss, 'The Reform of Sodomy Laws from a World Society Perspective' in *Queer Mobilizations: LGBT Activists Confront the Law*, edited by Scott Barclay, Mary Bernstein and Anna-Maria Marshall (New York: New York University Press, 2009), p. 136.

21. Sibalis, Michael, 'The Age of Enlightenment and Revolution' in *Gay Life and Culture: A World History*, edited by Robert Aldrich (London: Thames & Hudson, 2006), p. 123.

22. Ibid.

23. 引用自 Hyde, H. Montgomery, *The Other Love: An Historical and Contemporay Survey of Homosexuality in Britain* (London: Granada Publishing, 1970), p. 138。

24. Human Rights Watch, 'This Alien Legacy: The Origins of "Sodomy" Laws in British Colonialism', 2008. Accessed via the Human Rights Watch website: http://www.hrw.org/sites/default/files/reports/lgbt1208_webwcover.pdf.

25. Kirby, Michael, 'The sodomy offence: England's least lovely criminal law export?' in *Human Rights, Sexual Orientation and Gender Identity in the Commonwealth: Struggles for Decriminalisation and*

Change, edited by Corinne Lennox and Matthew Waites(London: Institute of Commonwealth Studies, 2013), p. 67.

26. 根据人权尊严基金会的资料显示,过去大英帝国的殖民地、自治区、保护地或附属国里,截至2013年底仍有44个将同性恋视为犯罪。另有两个原来为英国管辖的政治实体,也将同性恋视为犯罪:包括与新西兰保持自由联系关系的自治国库克群岛,以及1983年宣布独立的北塞浦路斯土耳其共和国。

27. 从1993年4月到2013年8月,超过3600万人次参观了美国大屠杀纪念博物馆。欲获得更多信息,请参考http://www.ushmm.org/。

28. Langer, Emily, 'Rudolf Brazda dies; gay man who survived Nazi concentration camp was 98', *Washington Post*, 7 August 2011. Accessed via the *Washington Post* website:http://www.washingtonpost.com/local/obituaries/rudolf-brazda-dies-gay-man-who-survived-naziconcentration-camp-was-98/2011/08/05/gIQAUlb90I_story.htmI.

29. Giles, Geoffrey, '"The Most Unkindest Cut of All": Castration, Homosexuality and Nazi Justice', *Journal of Contemporary History*, 27(41), 1992, p. 47.

30. Ibid., p. 46。

31. 欲获得更多信息,请参考美国大屠杀纪念博物馆网站《大屠杀百科全书》,网址为http://www.ushmm.org/wlc/en/article.php? ModuleId = l0005261。

32. Lautmann, Rüdiger, 'The Pink Triangle: The Persecution of Homosexual Males in Concentration Camps in Nazi Germany', *Journal of Homosexuality*(6), 1980 – 1981, pp. 141 – 60

33. Ibid.

34. 东德在1968年将男性之间的同性性行为除罪化，西德在次年也跟进。Taffet, David, 'pink triangle: Even after World War II, gay victims of Nazis continued to be persecuted', *Dallas Voice*, 20 January 2011. Accessed via the *Dallas Voice* website: http://www.dallasvoice.com/pink = triangle-wwiigay-victims-nazis-continued-persecuted-1061488.html.

35. Nardi, Peter and Bolton, Ralph, 'Gay-Bahing: Violence and aggression against gay men and lesbians' in *Targets of Vilence and Aggression*, edited by Ronald Baenninger(New York: Elsevier, 1991), p.353.

36. Setterington, Ken, *Branded by the Pink Triangle* (Toronto: Second Story Press, 2013), p.131.

37. Naphy, p.251.

38. Phillips, Michael, 'The Lobotomy Files: Forgotten Soldiers'. *Wall Street Journal*, 11 December 2013. Accessed via the *Wall Street Journal* website: http://projects,wsj.com/lobomyfiles/.

39. 引用自 Ordover, Nancy, *American Eugenics: Race, Queer Anatomy, and the Science of Nationalis*(Minneapolis: Univeersity of Minnesota Press, 2003), p.106.

40. American Psychiatric Association, 'Diagnostic and Statisical Manual Mental Disorders' (Washington DC: American Psychiatric Association Mental Hospital Service, 1952).

41. 'Employment of Homosexuals and Other Sex Perverts in Government', Subcommittee on Investigations, Committee on Expenditures in the Executive Departments (1950). Accessed via the PBS website: http://www.pbs.org/wgbh/pages/frontline/shows/assault/context/employment.html.

42. Johnson, David K, *The Lavender Scare* (Chicago: University of Chicago Press, 2004), pp. 123 – 4.

43. SCOCAL, Vallerga v. Dept. Alcoholic Bev. Control, 53 Cal. 2d 313, 347 P. 2d 909, 1 Cal. Rptr. 494. Available at: http://scocal.stanford.edu/opinion/vallerga-v-dept-alcoholic-bev-control-29822.

44. *Time*, 'Essay: The Homosexual in America', 21 January 1966. Accessed via the *Time* website: http://content.time.com/time/magazine/article/0, 9171, 835069, 00. html.

45. Hailsham, V., 'Homosexuality and Society', in *They Stand Apart: A critical survey of the problems of homosexuality*, edited by J. T. Rees and H. V. Usill (London: William Heinemann, 1955), pp. 21 – 35.

46. BBC News, '1957: Homosexuality "should not be a crime"', 4 September 2005. Accessed via the BBC News website: http://news.bbc.co.uk/onthisday/hi/dates/stories/september/4/newsid_3007000/3007686.stm.

47. Lelyveld, Joseph, 'Forster's *Maurice* Becomes a Movie', *The New York Times*, 12 November 1986. Accessed via *The New York Times* website: http://www.nytimes.com/1986/11/12/movies/forster-s-mauricebecomes-a-movie.html.

48. 个人通信(2013年11月12日)。

49. Carter, David, *Stonewall: The Riots that Sparked the Gay Revolution* (New York: St Martin's, 2004), p. 148.

50. Truscott, Lucian, 'Gay Power Comes to Sheridan Square', *Village Voice*, p. 1. Accessed via the website: http://news.google.com/newspapers?Id = uuwjAAAAIBAJ&sjid = K4wDAAAAIBAJ&pg = 6710, 4693&dq = stonewall + inn&hl = en

51. Di Brienza, Ronnie, 'Stonewall Incident', *East Village Other* 4, No. 32, 9 July 1969, as quoted in Carter, p. 143.

52. Bone, Ruan, 'Julian: A New Series', *Lunch*, September 1972, p. 3.

53. Russell, A. S., 'Spot the Poofter', *Lunch*, September 1972, p. 16.

54. 'Profile-David Hockney', *Lunch*, September 1972, p. 5.

55. 参考 Kissack, Terence, 'Freaking Fag Revolutionaries: New York's Gay Liberation Front, 1969–1971', *Radical History Review*, Spring 1995(62), pp. 105–34。欲更深入了解英国早期同性恋解放运动,参考 Robinson, Lucy, 'Three Revolutionary Years: The Impact of the Counter Culture on the Development of the Gay Liberation Movement in Britain', *Cultural and Social History*, Vol, 3(4), October 2006, pp. 445–71(27).

56. 参考 Fejes, Fred and Petrich, Kevin, 'Invisibility, homophobia and heterosexism: Lesbians, Gays and the Media,' *Review and Criticism*, December 1995, p. 402。在20世纪70年代早期,媒体采取"较不负责的方式"处理同性恋。如费杰斯(Fejes)等作者指出,逐年分析《纽约时报》从1969年至1975年的新闻摘要发现,"绝大多数提到同性恋的文章探讨男女同性恋逐渐扩张的权力,以及社会对他们的接受度渐渐增加。"

57. Rizzo, Domenico, 'Public Spheres and Gay Politics since the Second World War' in *Gay Life and Culture: A World History*, edited by Robert Aldrich(London: Thames & Hudson, 2006), p. 217.

58. 同上。另外请参考 Lewis, Gregory B., 'Lifting the Ban on Gays in the Civil Service: Federal Policy Toward Gay and Lesbian Em-

ployees since the Cold War', *Public Administration Review*, Vol. 57, No. 5(Sep-Oct. 1997), pp. 387-95.

59. Eastenders, BBC, 1987.

60. 迈克尔·卡什曼将这段故事告诉《明星报》(*The Star*)。Cashman, Michael, 'We had death threats and bricks thrown at us, now it's all so different', *The Mirror*, 25 September 2003. Accessed via: http://www.thefreelibrary.com/We + had + death + threats + and + bricks + thrown + at + us. . now + it's + all + so... - a0108125395.

61. Ibid.

62. Jones, Owen, 'One day "coming out" won't be a thing-and the reaction to Tom Daley's announcement shows we're getting there', *The Independent*, 2 December 2013. Accessed via *The Independent* website: http://www.independent.co.uk/voices/comment/one-daycoming-out-be-a-thing-and-reaction-to-tom-daleysannouncement-shows-were-getting-there-8977908.html

63. 个人通信(2014年1月10日)。

64. Rose, Lacey, 'The Booming Business of Ellen DeGeneres: From Broke and Banished to Daytime's Top Earner', *The Hollywood Reporter*, 22 August 2012. Accessed via *the Hollywood Reporter* website: http://www.hollywoodreporter.com/news/ellen-degeneres-showoprah-winfrey-jay-leno-364373? Page = 2

65. Handy, Bruce, 'Television: He Called Me Ellen Degenerate?' *Time*, 14 April 1997. Accessed via the *Time* website://http://www.time.com/time/subscriber/article/0, 33009, 986189-2, 00.html.

66. 'A Queer Question About Gay Culture', *The Economist*, 10 July 1997. Accessed via *The Economist* website: http://www.economist.

com/node/370660/print.

67. Prono, Luca, *Encyclopedia of Gay and Lesbian Popular Culture* (Westport: Greenwood Publishing Group, 2008), p. 287.

68. GLAAD, 'Where Are We on TV: 2012–2013 Season', October 2012, p. 3. Available at: http://www.glaad.org/files/whereweareontv12.pdf.

69. 美国媒体监督组织 GLAAD 原名为"同性恋反诽谤联盟"(Gay & Lesbian Alliance Against Defemation),2013 年更名为 GLAAD 以将双性恋与跨性别人士纳入组织宗旨中。

70. GLAAD, PP. 3,4.

71. Hewlett, Sylvia Ann; Sears, Todd; Sumberg, Karen; Fargnoli, Christina, p. 4. January 2013, based on 2011 data from the Pew Research Center.

72. Marsh, Stefanie, 'Ian McKellen on Tom Daley, *The Hobbit* and Gandalf's sexuality', *The Times*(of London), 7 December 2013. Accessed via *The Times* website: http://www.thetimes.co.uk/tt/art/film/article3941753.ece.

73. 根据人权尊严基金会(Human Dignity Trust)的资料,截至 2013 年底,全世界有 77 个国家将同性恋视为犯罪。另外有 6 个政治实体亦然:新西兰的自由联系自治国库克群岛、巴勒斯坦、自行宣告独立的北塞浦路斯以及印尼的南苏门答腊省与亚齐特区(Aceh)。伊拉克与莱索托的法律状况不明确,也就是说,同性恋面临遭起诉的风险。将这些区域算进来的话,86 个司法管辖区将同性恋视为非法。伊朗、沙特阿拉伯、苏丹、也门、毛里塔尼亚,以及尼日利亚与索马里部分地区仍保有同性恋死刑。

74. 纪录片《我是同性恋》(*Call Me Kuchu*)记录了乌干达同性

恋活跃人士大卫·卡托（David Kato）去世前几年的故事，他因为同性恋身份而被人以铁锤攻击致死。参考 Adams, William Lee, 'out in Africa', *Attitude*, November 2012, p. 142.

75. Ibid.

76. Verkaiklaw, Robert, 'Iran is safe for "discreet" gays, says Jacqui Smith', *The Independent*, 23 June 2008. Accessed via *The Independent* website：http://www.independent.co.uk/news/uk/politics/iran-issafe-for-diecreet-gays-jacqui-smith-852336.html.

77. 个人通信（2013 年 6 月 18 日）。

78. 'The Global Divide on Homosexuality: Greater Acceptance in More Secular and Affluent Countries', Pew Research Center, Washington, D.C., 4 June 2013, p. 1.

79. 'Putin signs "gay gropaganda" ban and law criminalizing insult of religious feelings', *Russia Today*, 30 June 2013. Accessed via the *Russia Today* website：//on rt.com/yzvrz4.

80. 'Vladimir Putin signs anti-gay propaganda bill', AFP, 30 June 2013. Accessed via *The Telegraph* website：http://www.telegraph.co.uk/news/worldnews/europe/russia/10151790/Vladimir-Putin-signsanti-gay-propaganda-bill.html.

81. Fierstein, Harvey, 'Russia's Anti-Gay Crackdown', *The New York Times*, 21 July 2013. Accessed via *The New York Times* website：http://www.nytimes.com/2013/07/22/opinion/russias-anti-gaycrackdown.html.

82. 'Mr Putin's War on Gays', editorial, *The New York Times*, 27 July 2013. Accessed via *The New York Times* website：www.nytimes.com/2013/07/28/opinion/sunday/mr-putins-war-on-gays.html?_r=0

83. Ibid

84. Fierstein(2013).

85. Horsey, David, 'Putin's anti-gay laws set the stage for an international battle', *Los Angeles Times*, 15 August 2013. Accessed via the *Los Angeles Times* website: http://articles.latimes.com/2013/aug/15/nation/la-na-tt-putins-antigray-laws-20130814.

86. Idov, Michael, 'Putin's "war on gays" is a desperate search for scapegoats', *New Statesman*, 19 August 2013. Accessed via the *New Statesman* website: http://www.newstatesman.com/2013/08/putinswar-gays-desperate-search-scapegoats.

87. Greenhouse, Emily, 'Homophobia in Russia Finds a New Medium', *New Yorker*, 16 August 2013. Accessed via the *New Yorker* website: http://www.newyorker.com/online/blogs/elements/2013/08/therise-of-homophobic-cyberbullying-in-russia-html.

88. Baker, Peter, 'Obama Names Gay Athletes to U.S. Delegation', *The New York Times*, 17 December 2013. Accessed via *The New York Times* website: http://www.nytimes.com/2013/12/18/sports/olympics/obama-names-gay-athletes-to-delegation.html?_r=0.

89. Secretary-General's video message to the Oslo Conference on Human Rights, Sexual Orientation and Gender Identity, 15 April 2013. Accessed via the UN website: http://www.un.org/sg/statement/?nid=6736.

90. 个人通信(2013年12月1日)。

第三章 深深埋藏

1. British Social Attitudes Survey 30. Accessed via the BSA website: http://www.bsa-30.natcen.ac.uk/read-the-report/personalrela-

tionships/homosexuality. aspx.

2. British Social Attitudes Survey, as quoted in Clements, Ben, 'Attitudes Toward Gay Rights', University of Leicester, Institute for Social Change, British Religion in Numbers Website, May 2012. Accessed on 10 December 2013: http://www.brin.ac.uk/figures/attitudes-towards-gay-rights/.

3. 最后的票数是 390:148；参考'Gay Marriage bill: Peers back government plans', BBC News, 5 June 2013, Accessed via the BBC News websites:www.bbc.co.uk/news/uk-politics-22764954.

4. 'Cameron Warns Europe Rebels: I Will Not Budge', Sky News, 22 May 2013. Accessed via the Sky News website:http://news.sky.com/story/1094227/cameron-warns-europe-rebels-i-wont-budge.

5. 根据皮尤研究中心(Pew Research Center)的资料,从 2007 年至 2013 年,在英国认为社会应该接纳同性恋的比例,从 71% 增加至 76%。对同性恋接受度增加的国家还包括意大利(从 65% 增加至 74%)、西班牙(从 82% 增加至 88%)、德国(从 81% 增加至 87%)。参考'The Global Divide on Homosexuality: Greater Acceptance in More Secular and Affluent Countries', (Pew Research Center, 2013), p.2.

6. 此处 7 项民调是在下列日期由下列民调公司进行的:哥伦比亚广播新闻台(2013 年 2 月 8 日)、PRRI/Brookings(2013 年 2 月 10 日)、Quinnipiac(2013 年 3 月 1 日)、美国广播新闻台(ABC News)、《华盛顿邮报》(2013 年 3 月 9 日)、皮尤研究中心(2013 年 3 月 15 日)、CNN(2013 年 3 月 16 日)、福克斯新闻台(Fox News,2013 年 3 月 18 日)。福克斯新闻台在 2013 年 2 月 26 日进行的第 8 项民调,发现支持与反对同性婚姻的人比例相等。参考 Silver, Nate, 'How Opinion on Same-Sex Marriage is Changing, and What It Means', *The*

New York Times, 26 March 2013. Accessed via *The New York Times* website：http://fivethirtyeight.blogs.nytimes.com/2013/03/26/how-opinion-on-same-sexmarriage-is-changing-and-what-it-means/? _r=0.

7. Belkin, Aaron; Ender, Morten; Frank, Nathaniel; Furia, Stacie; Lucas, George R; Packard, Gary Jr; Schultz, Tammy S.; Samuels, Steven M.; Segal, David R., 'One Year Out: An Assessment of DADT Repeal's Impact on Military Readiness', 20 September 2012, p.43.

8. Human Rights Campaign, *Corporate Equality Index 2014*.

9. Hewlett, Sylvia Ann; Sears, Todd; Sumberg, Karen; Fargnoli, Christina. 在美国，上述作者与民调社会科学与市场研究公司知识网络(Knowledge Networks)合作进行研究，知识网络拥有巨大的网络问卷受试者数据库。知识网络也有每一个受试者的人口学与其他信息。在"出柜的力量"(The Power of Out)研究中，知识网络可以选择自我认同为同性恋的受访者参与研究。接着他们将资料加权计算，让资料大致能代表21～62岁、从事白领工作，拥有大学以上学历的美国人。加权变因包括：年龄、性别、种族、家中是否有网络、都市状态(是否居住于城市)、宗教。加权来自美国全国普查，靠着全国普查，他们能合理估计试图调查的群体。此处描述的任何比较结果都是有统计意义的。

10. Noble, Barbara Presley, 'At Work; The Unfolding of Gay Culture', *The New York Times*, 27 June 1993. Access via *The New York Times* website：http://www.nytimes.com/1993/06/27/business/at-workthe-unfolding-of-gay-culture.html

11. 个人通信(2013年5月21日)。

12. 个人通信(2013年10月3日)。

13. 个人通信(2013年7月15日)。

14. 个人通信(2013年7月19日)。

15. Guasp, April and Dick, Sam, *Living Together*: *British attitudes to lesbian, gay and bisexual people*(Stonewall, 2012), p. 3. 在这份报告中，YouGov 共调查了超过 2000 名受访者。YouGov 在网络上通过各种广告方式招募受访者，并未试图建立具有全国代表性的样本。在调查完成后，YouGov 接着针对每位受访者进行加权计算，让他们能大致代表大众人口，但仅限于年龄、性别、社会阶层与阅读特定报纸新闻的习惯。

16. Hewlett, Sylvia Ann; Sears, Todd; Sumberg, Karen; Fargnoli. Christina, p. 25.

17. 个人通信(2013年1月5日)。

18. 个人通信(2013年6月25日)。

19. 个人通信(2013年6月19日)。

20. 个人通信(2013年7月26日)。

21. 个人通信(2013年8月13日)。

22. Macalister, Terry and Carvel, John, 'Diversity drive at BP targets gay staff', *The Guardian*, 20 June 2002. Accessed via *The Guardian* website: www.theguardian.com/uk/2002/jun/20/johncarvel.terrymacalister.

23. 根据员工福利研究中心（Employee Benefit Research Institute)的资料，同居伴侣的福利"是雇主选择提供给雇员的未婚伴侣的福利，无论是同性或异性"。美国的异性恋伴侣传统上享有配偶权益，例如提供给雇员丈夫或妻子的医疗保险，然而无法合法结婚的同性恋伴侣则无法享有这些权益。从 20 世纪 90 年代早期，美国上市公司开始提供这类权益。2005 年起，英国的同性恋伴侣即可进入民事结合，让他们能享有与配偶相当的法定福利。欲知更多信息，参考 Solomon, Todd A., *Domestic Partner Benefits*: *An Emplyer's Guide*

(Wahington: Thompson, 2006)。

24. Dougary, Ginny, 'Lord Browne: I'm much happier now than I've ever been', *The Times* (ofLondon), 6 February 2010. Accessed via *The Times* website: www.thetimes.co.uk/tto/business/moversshakers/article1891575.ece. 这篇刊登于《泰晤士报》的文章,也引述了《金融时报》访谈中的一句话,这份访谈原稿已无法从网络上搜得。

25. Pierce, Andrew, 'Lord Browne made atypical misjudgment'. *The Telegraph*, 2 May 2007. Accessed via *the Telegraph* website: http://www.telegraph.co.uk/news/uknews/1440281/Lord-Brownemade-atypical-misjudgement.html.

26. Roberts, Laura, '*Desert Island Discs*' most controversial castaways', *The Telegraph*, 2 March 2011. Accessed via *The Telegrapg* website: http://www.telegraph.co.uk/culture/tvandradio/8355867/Desert-Island-Discs-most-controversial-castaways.html.

第四章 幻影与恐惧

1. 个人通信(2013年12月30日)。

2. 截至2013年底为止,众议院尚未提出任何法案以供表决。

3. 本数据来自美国大众社会调查,能代表全国大众。参考 PizerJennifer C.; Sears, Brad; Mallory, Christy; and Hunter, Nan D., 'Evidence of Persistent and Pervasive Workpkce Discrimination Against LGBT People: The zeed for Federal Legislation Prohibiting Discrimination and Providing for Equal Employment BenetiTs', 45Loy. L. A. L. Rev. 715 (2012)。Available at: http://digitalcommons.lmu.edu/llr/vol45/iss3/3.

4. Hewlett, Sylvia Ann; Sears, Todd; Sumberg, Karen; Fargnoli,

Christina, p. 4, 2013, based on 2011 data from the Pew Research Center.

5. 根据董事多元化联盟（Alliance for Board Diversity）2012 年的调查，在财富 500 强企业超过 5300 个董事席次里，白种男性占 73.3%。整体而言，男性占 83.4%，女性仅占 16.6%，非白种男性与女性的比例只有 13.3%。这些性别与种族数字由董事会成员自行填答。欲知更多资讯，参考'Missing Pieces: Women and Minorities on Fortune 500 Boards', Alliance for Board Diversity, 15 August 2013. Accessed via the Alliance for Board Diversity website: http://theabd.org/2012_ABD%20Missing_Pieces_Final_8_15_13.pdf.

6. 2013 年 9 月美国史宾沙董事指数（Spencer Stuart Board Index）调查了标准普尔（S&P）500 强企业董事会中的 493 家企业。结果显示独立董事的平均年龄从 2003 年的 60.3 岁增加到 2013 年的 62.9 岁，在 2013 年，44% 的董事会平均年龄在 64 岁以上，10 年前只有 14%。Accessed via: https://www.spencerstuart.com/-/media/PDF%20Files/Research%20and%20Insight%20PDFs/SSBI-2013_01Nov2013.pdf.

7. 个人通信（2013 年 11 月 19 日）。

8. 个人通信（2013 年 11 月 19 日）。

9. 个人通信（2013 年 11 月 19 日）。

10. 克里斯托弗·贝利（Christopher Bailey）在 2013 年 10 月被任命为博柏利的 CEO。当他在 2014 年上任时，他不会是富时 100 企业里第一个公开身份的同性恋 CEO。查尔斯·艾伦从 1996 年至 2000 年担任格拉纳达集团 CEO，从 2004 年至 2007 年担任独立电视台 CEO。在艾伦在职期间，两家企业都名列富时 100 企业。

11. Banaji, Mahzarin R, and Greenwald, Anthony G., *Blindspot: Hidden Biases of Good People* (Delacorte Press: New York, 2013), p. xii.

12. 可上网进行测验 http://implicit.harvard.edu。

13. Nosek, Brian A. and Riskind Rachel G., 'Policy implications of implicit social cognition', *Social Issues and Policy Review*, 6, 2012, pp, 112–45.

14. 个人通信(2013年9月27日)。

15. Tilcsik, A., 'Pride and prejudice: Employment discrimination against openly gay men in the US', *American Journal of Sociology*, 117, 2011: 586–626.

16. 因为两份履历表都寄给同一位雇主,为避免引起雇主怀疑,必须让履历表略有不同。然而,履历表之间的差异不应影响研究结果,因为提到"同性恋"与"异性恋"团体的文字是随机分配至任一份履历表的。另外,作者利用回归模型分析结果以找出两份履历表间的系统性偏误,并且发现没有偏误。

17. 这个差异在统计上具有意义($p < 0.001$),显示异性恋求职者只要申请不到9个工作就能收到1个正面回应,同性恋求职者要申请接近14个招聘广告才能得到相同的结果。参考 Tilcsik, pp.605–6。

18. 参考 Tilcsik, p.596。其他国家的研究者发现类似的结果。2009年希腊的一份研究,研究者将成对的履历表寄给雅典的1714个私营企业的招聘广告。他们没有明确指出其中一名求职者是同性恋者,但在履历表个人信息栏列出他曾经在一个同性恋团体担任义工;异性恋求职者则在环保团体担任义工。履历显示两位求职者都是29岁,曾在希腊军队服役。即使如此,有同性恋团体义工经验者,获得面试的机会比异性恋求职者低了26.2%。如果审查履历表的经理是男性,他们获得面试的机会降低将近35%(Drydakis, Nick, 'Sexual Orientation Discrimination in the Labour Market', *Labour Eco-*

nomics, 2009, 16:364 – 72)。其他研究显示,此种偏见也出现在女同性恋求职者中(Weichselbaumer, Doris, 'SexualOrientation Discrimination in Hiring', *Labour Economics*, 2003.10:629 – 42)。

19. Sears, Brad and Mallory, Christy. 'Documented Evidence of Employment Discrimination and its Effects on LGBT People', The Williams Institute, July 2011. Accessed via: http://williamsinstitute.law.ucla.edu/uploads/Sears-Mallory-Discrimination-July-20111.pdf.

20. Laurent, Thierry and Mihoubi, Ferhat, 'Sexual orientation and Wage Discrimination in France: The Hidden Side of The Rainbow', *Journal of Labor Research*, 2012, 33: 487 – 527, p.488

21. 举例来说,伦敦经济学家杰斐逊·弗兰克(Jefferson Frank)发现四五十岁,在英国大学工作的已婚异性恋男性薪资,较同年龄的单身异性恋男性高了17%,即使在控制经历与教育等其他变因后结果仍不变。参考 Fran, J. (2006), 'Is the male marriage premium evidence of discrimination against gay men?' in *Sexual Orientation Discrimination: An International Perspective* (Routledge: New York, 2007), pp.93 – 104。

22. 举例来说,参考 Ginther, Donna K, and Zavodny, Madeline, 'Is the male marriage premium due to selection? The effect of shotgun weddings on the return to marriage', *Journal of Population Economics*, Springer, 2001, vol.14(2), pp.313 – 28。

23. 举例来说,参考 Korenman, S. and Neumark, D., 'Does marriage really make men more productive?', *Journal of Human Resources*, 1991, 26: 282 – 307; 'Lundberg, S. and Rose, E., 'The effects of sons and daughters on men's labor supply and wages', *Review of Economics and Statistics*, 2002, 84: 251 – 68; Akerlof, George A, 'Men

without children', *Economic Journal*, 1998, 108: 287 – 309; Becker, Gray S., 'A theory of the allocation of time', *Economic Journal*, 1965, 75: 493 – 517。

24. 举例来说,参考 Carpenter, Christopher(2006), 'Do straight men "come out" at work too? The heterosexual male marriage premium and discrimination against gay men' in *Sexual Orientation: An International Perspective*(Routledge: New York, 2007), pp. 76 – 92。

25. 加利福尼亚州大学欧文分校(University of California at Irvine)教授卡彭特(Carpenter)写道:"社会习以为常的婚姻福利,有一部分是奖赏发出异性恋信息的人。"参考 Carpenter(2006), P. 80。

26. 个人通信(2013 年 6 月 11 日)。

27. Movement Advancement Project, Human Rights Campaign and Center for American Progress, 'A Broken Bargain: Discrimination, Fewer Benefits and More Taxes for LGBT Workers (Full Report), May 2013, p. 35。

28. Ibid

29. Blandford, John, 'The Nexus of Sexual Orientation and Gender in the Determination of Earnings', *Industrial and Labor Relations Review*, Vol. 56(4), 1 July 2003, p. 640。

30. Movement Advancement Project, p. 35.

31. 个人通信(2013 年 10 月 13 日)。

32. 个人通信(2013 年 9 月 26 日)。

33. 个人通信(2013 年 10 月 10 日)。

34. 个人通信(2013 年 12 月 17 日)。

35. 个人通信(2013 年 6 月 26 日)。

36. 个人通信(2013 年 7 月 4 日)。

37. Grant, Jaime M.; Mottet, Lisa A.; Tanis, Justin; Harrison, Jack; Herman, Jody L.; and Keisling, M, *Injustice at every Turn* (Washington: National Center for Transgender Equality and National Gay and Lesbian Task Force, 2011), p. 3.

38. 个人通信（2013年7月18日）。

39. Appeals from the US District Court for the Northern District of Georgia, 6 Desmber 2011. Accessed via the US Court of Appeals 11th Circuit website: http://www.call.uscourts.gov/opinions/ops/201014833.pdf.

40. 个人通信（2013年5月7日）。

41. 鲍伯·佩吉（Bob Page）分享替代公司（Replacements Ltd）收到的电邮。

42. 参考美国联邦调查局仇恨犯罪网页，http://www.fbi.gov/about-us/cjis/ucr/hate.crime/2011/hate-crime。另外参考 Tzatzev, Aleksi, 'There's a Disturbing Trend Involving Anti-Gay Hate Crime in the US', *Business Insider*, 12 December 2012. Accessed via the *Business Insider* website: http://www.businessinsider.com/anti-gay-hate-crime-stats-dont-budge-2012-12。

43. 认为社会应该接受同性恋的法国民众比例，从2007年的83%下降至2013年的77%。所有调查的地区中，包括加纳、捷克、波兰、约旦、俄罗斯、土耳其、巴勒斯坦，法国是下降数字最大的国家。所有这些地区从2007年至2013年对同性恋的接受度都下降了。参考'The Global Divide on Homosexuality: Greater Acceptance in More Secular and Affluent Countries'（Pew Research Center, 2013），p. 2。

44. Sethi, Neeruj, 'France Gay Marriage: Hate Crimes Spike After Bill Passes', PolicyMic, 9 May 2013. Accessed via the PolicyMic website: www.policymic.com/articles/40695/france-gay-marriage-hate-

crimes-spike-after-bill-passes.

45. Sacks, Jonathan, *The Digniy of Difference: How to Avoid the Clash of Civilizations* (New York: Continuum, 2002), p. 46.

46. '30% increase in anti-Semitic incidents worldwide in 2012', *The Times of Israel*, 7 April 2013. Accessed via *The Times of Israel* website: http://www.timesofisrael.com/re; lrt-finds-30-increase-in-anti-semitic-incidents-worldwide/.

第五章　出柜是桩好生意

1. Browne, John, 'Three reasons why I'm voting for gay marriage', *Financial Times*, 2 June 2013.

2. 个人通信(2013年7月12日)。

3. 旧金山商会、Google、H5、李维斯公司(Levi Strauss & Co.)在2009年1月15日共同发布了一份法庭之友意见书。来源http://www.courts.ca.gov/documents/s1680xx-amcur-sfchambercommerce.pdf.

4. Eckholm, Erik-. corporate Call for Change in Gay Marriage Case, *New York Times*, 27 February 2013. Accessed via *the New York Times* website: http://www.nytimes.com/2013/02/2oo/business/companies-ask-justices-o-overturn-gay-marriage-ban.html?_r=o.

5. Amicus Briefs, 278 Employers and Organizations Representing Employers. Accessed at the website: http://www.glad.org/doma/documents/.

6. Garber, Andrew, 'Starbucks supports gay marriage legislation'、*Seattle Times*, 24-January 2012. Accessed via *the Seattle Times* website: http://seattletims.com/html/politicsnorthwest/2017323520_starbucks_supports_gay_marriag.html.

7. See the National Organization for Marriage (21 March 2012), 'The National Organization for Marriage Announces International "Dump Starbucks" Protest Campaign' (Press Release). Accesed via the NOM blog: http://www. nomblog. com/20812/#sthash. l0xleaTr. dpbs; and the Dump Starbucks campaign website: http://www. dumpstarbucks. com/.

8. Gilbert, Kathleen, 'Like traditional marriage? Then dump Starbucks, says National Organization for Marriage', LifeSiteNews. com, 29 March 2012. Accessed via the LifeSiteNews. com website: http://www. lifesitenews. com/news/like-traditional-marriage-then-dump-starbucks-says-national-organization-fo/. Facebook likes were accessed via the Dump Starbucks Facebook page: https://www_facebook. com/dumpstarbucks/posts/636562603037541.

9. Allen, Frederick, 'Howard Schultz to Anti-Gay-Marriage Starbucks Shareholder: "You Can Sell Your Shares"', *Forbes*, 22 March 2013. Accessed via the *Forbes* website: http://www. forbes. com/sites/frederickallcn/2013/03/22/ howard-schultz. t? anti-gay-marriagestarbucks-sharcholder-you-can-scll-your-shares/.

10. Goldman Sachs CEO Lloyd Blankfcin: Same-sex marriage support 'a business issue', CBS News, 9 March 2013. Accessed via the CBS News website: http://www. cbsnews. com/news/goldman-sachs-ceo-lloyd-blankfein-same-sex-marriage-supporta-business-issue/.

11. Ibid.

12. Out Now Global LGBT 2020 Study(2011), p. 18。通过个人通信取得(2013 年 6 月 5 日)。

13. 个人通信(2013 年 6 月 13 日)。

14. Human Rights Campaign(2014). *Corporate Equality Index*, p. 6.

15. Ibid.

16. 2014年数据请参考 Human Rights Campaign(2014), p. 8。2002年数据通过2014年1月6日与人权运动组织通信确认而得。

17. 第一次企业平权指数(CEI)调查通过7项标准评估企业,这7项标准至今仍是评分系统的基础。根据企业是否在员工手册或说明书中包含性取向的书面非歧视政策;是否认可并支持LGBT员工资源团体;是否提供包括性取向与职场性别表现的多元性训练;是否针对LGBT社群进行尊重与适当的营销活动;是否支持LGBT或艾滋病相关团体等条件,企业会获得加分奖励。如果企业损及LGBT人群的平等权益,企业的评分会降低。欲了解企业平权指数评分系统的演进,请参考人权运动组织的2013年企业平权指数,第12页。

18. 在2002年企业平权指数中,人权运动组织评估了319家企业。其中13家获得了满分佳绩。参考 Human Rights Campaign (2002), *Corporate Equality Index*. Accessed via the HRC website: httf://www.hrc.org/files/assets/resources/CorporateEqualityIndex_2002.pdf.

19. 在2011年企业平权指数中,人权运动组织评估了615家企业。Human Rights Campaign(2002), *Corporate Equality Index*. Accessed via the HRC website: http://www.hrc.org/files/assets/resources/corporateEqualityIndex_2011.pdf.

20. 2012年,埃克森未符合任何一条人权运动组织的标准,它还阻挠股东提高LGBT包容性的决议,因此被扣了25分。2013年、2014年它再次被评负分。参考 Taffet, David, 'Exxon maintains negative score on annual equality report', *Dallas Voice*, 13 December 2013. Accessed via the *Dallas Voice* website: http://www.dallasvoice.com/exxonmaintains-negative-score-annual-equality-report-10163316.html。另

外可参考 Juhasz, Antonia, 'what's Wrong with Exxon?', *Advocate*, 3 September 2013. Accessed via the *Advocate* website: http://www.advocate.com/print-issue/2013/09/03/whatswrong-exxon.

21. Human Rights Campaign(2005), *Corporate Equality Index*. Accessed via the HRC website: http://hrc.org/files/assets/resources/CorporateEqualityIndex_2005.pdf.

22. Human Rights Campaign (2006), *Corporate Equality Index*. Accessed via the HRC website: http://hrc.org/files/assets/resources/CorporateEqualityIndex_2006.pdf.

23. 个人通信(2013年6月21日)。

24. 举例来说,参考这份回顾36项针对LGBT支持性政策与职场环境对企业表现研究的文献回顾:Badgett, M. V. Lee; Durso, Laura E; Mallory, Christy; and Kastanis, Angeliki, 'The Business Impact of LGBT-Supportive Workplace Policies', the Williams, 1 May 2013。

25. 个人通信(2013年6月18日)。

26. 个人通信(2013年7月10日)。

27. Sears, B. and Mallory, C. (2011). Economic motives for adopting LGBT-related workplace policies. Accessed via the Williams Institute website: http://williamsinstitute.law.ucla.edu/wp-content/uploads/Mallory-Sears-corp-Statements-Oct2011.pdf.

28. Hewlett, Sylvia Ann; Sears, Todd; Sumberg, Karen; Fargnoli, Christina, p.30.

29. 18%的受访者表示缺乏保护他们的政策,17%的受访者表示担心被解雇。Human Rights Campaign(2009). *Degrees of equality: A national study workplace dimater for LGBT employees*, p.15. Accessed via the Human Rights Campaign website: https://www.hrc.org/files/as-

sets/resources/DegreesOfEquality_2009.pdf。

30. Ibid., p.13.

31. Hewlett, Sylvia Ann and Sumberg. Karen, 'The Power ot out'. Center for Workr-Life Policy, 2011, p.7. 工作生活政策中心(Center for Work-Life Policy),现已更名为人才创新中心(Center for Talent Innovation)。

32. 个人通信(2013年12月3日)。

33. Everly, B.A.; Shih, M.J.; and Ho, G.C. 'Don't ask, don't tell? Does disclosure of gay identity affect partner performance?', Journal of Experimental Social Psycology, January 2012, Vol.48, Issue 1, pp.407-10.研究者进行了两个独立实验。在第一个实验中,请受试者坐在房间里,房里已经有另一位受试者等着研究开始。研究人员给受试者一张纸,纸上描述他们的合作伙伴。在"模糊"组里,他们得知合作伙伴来自旧金山,主修室内设计,喜欢烹饪和跳舞。他们得知合作伙伴有稳定关系,但不知道其伴侣的性别。在"告知"组里,受试者收到一模一样的合作伙伴资讯,但他们得知合作伙伴和一位名叫乔希的男性交往。受试者与合作伙伴(一位男同性恋扮演的学生)完成一项数学测验。如研究人员所预测,与公开身份的同性恋伙伴合作的受试者,表现较佳。在第二项实验中,作者测验受试者在电视游戏中的表现,电视游戏中受试者射击屏幕上的S标,过程需要持续彼此互动。与上一个实验相同,与公开身份的同性恋伙伴合作的受试者表现明显较佳。

34. Ibid., p.409.

35. 个人通信(2013年6月10日)。

36. Out & Equal, Harris Interactive, and Witeck Combs Communications (2006). 'Majority of Americans: Companies not government

should decide benefits offered to same-sex employees' (press release). Accessed via the Out & Equal website: http://outandequal.org/documents/2006_Workplace_Survey052306.pdf.

37. Ibid.

38. See Florida, Richard, *The Rise of the Creative Class* (New York: Basic Books, 2002) and Florida, Richard, *The Fight of the Creative Class* (New York: Harper Business, 2005).

39. Florida, Richard, 'Technology and Tolerance: The Importance of Diversity to High-Technology Growth', the Brookings Institution, June 2001. Accessed via the Brookings Institution website: http://www.brookings.edu/--/media/research/files/reports/2001/6/technologypercent20florida/techtol.pdf.

40. 这些城市包括旧金山、华盛顿特区、奥斯丁、亚特兰大与圣地亚哥。

41. Florida, Richard, 'Gay-tolerant societies presper economically', *USA Today*, 30 April 2003. Accessed via the *USA Today* website: http://usatoday30.usatoday.com/news/opinion/editorials/2003-04-30-florida_x.htm.

42. Noland, Marcus, 'Popular Attitudes, Globalization, and Risk', July 2004. Accessed via the website: http://www/iie.com/publication/wp/wp04-2.pdf.

43. Noland, M., 'Tolerance Can Lead to Prosperity', *Financial Times*, 18 August 2004. Accessed via the Peterson Institutes for International Economics website: http://www.iie.com/publication/opeds/oped.cfm?ResearchID=216.

44. Inglehart, R.; Foa, R.; Peterson, C.; Welzel, C., 'Develop-

ment, Freedom, and Rising Happiness: A Global Perspective (1981 – 2007)', *Perspectives of Psychological Science*, 2008(3), Vol. 4, p. 269.

45. 举例来说,参考 Boson, J. K.; Weaver, J. R.; and Prewitt-Freilino, J. L., 'Concealing to Belong, Revealing to be Known: Classification Expectations and Self-threats Among Persons with Concealable Stigmas', *Self and Identity*, Wol. 11(1), 2012, pp. 114 – 35; Smart, Laura and Wegner, Daniel M., 'Covering up what can't be seen: Concealable stigma and mental control', *Journal of Personality and Social Psychology*, Vol. 77(3), Sept 1999, pp. 474 – 86。

46. Snyder, Kirk, *The G Quotient* (San Francisco: Jossey-Bass, 2006).

47. Ibid, p. xx. 另外参考 Odets, Walt, 'Some Thoughts on Gay Male Relationships and American Society', *Journal of Gay and Lesbian Medical Association*, Fall 1998, Vol. 2(1).

48. 参考 Nicholas, Cheryl L., 'Gaydar: Eye-gaze as identity recognition among gay men and lesbians', *Sexuality and Culture*, Vol. 8 (1), pp. 60 – 86; and Adams, William Lee, 'Finely Tuned Gaydar' (letter to the editor), *The New York Times*, 26 June 2005. Accessed via *The New York Times* website: http://www.nytimes.com/2005/06/26/fashion/sundaystyles/26LETTERS.html?_r=0.

49. 这种领导风格包括 7 项领导原则:包容性、创造力、适应力、联结性、沟通力、直觉、合作。斯奈德将这 7 项原则合称为"同性恋商数"(The G Quotient)。

50. 个人通信(2013 年 6 月 18 日)。

51. 'Send an email to Campbell Soup Company President Douglas Conant. Tell him you want his company to stop supporting the gay agen-

da', 19 December 2009. Accessed via the American Family Association website：http://www.afa.net/Detail.ahspx?id=2147483667.

52. 个人通信（2013年6月27日）。

53. Harris Interactive (18 November 2013). 'America's LGBT 2013 Buying Power Estimated at $830 Billion'（press release）.

54. 与卫特康通信公司（Witech communications）的个人通信（2013年6月20日），卫特康通信公司与哈里斯民意调查机构（Harris Interactive）合作。

55. Wheeler-Quinnell, Charlotte, 'Marketing：How to Market to Gay Consumer'（Stonewall, 2010）.

56. 个人通信（2013年12月30日）。

57. Harris Interactive, 'Large Majorities of Heterosexuals and Gays Likely to Consider a Corporate Brand that Provides Equal Workplace Benefits to All Employees, Including Gay and Lesbian Employees'（press release, 6 February 2007）. Accessed via the Harris Interactive website：http://www.harrisinteractive.com/NEWS/allnewsbydate.asp?NewsID=1171.

58. 个人通信（2013年6月20日）。

59. 个人通信（2013年6月13日）。

60. 个人通信（2013年6月3日）。

61. 个人通信（2013年10月2日）。

第六章 出柜的好处

1. 个人通信（2013年8月19日）。

2. 个人通信（2013年7月2日）。

3. Reid-Smith, Tris, 'Global business leader Beth Brooke on

coming out gay', *Gay Star News*, 20 April 2012. Accessed via the *Gay Star News* website: http://www.gaystarnews.com/article/global-businessleader-beth-brooke-coming-out-gay 200412#sthash.B5Z5K32L.dpuf.

4. 个人通信(2013年6月20日)。

5. 安东尼奥·西摩斯是汇丰银行总裁兼英国与欧洲零售银行与资产管理主任。

6. 个人通信(2013年8月14日)。

7. 个人通信(2013年8月15日)。

8. Black, Kathryn N. and Stevenson, Michael R, 'The relationship of self-reported sex-role characteristics and attitudes towards homosexuality', *Journal of Homosexuality*, 10, 1984, pp. 83–93.

9. 研究一再指出,在异性恋男性眼中,男同性恋者比女同性恋者的形象更负面。参考 Kite, Mary. E. and Whitely, Bernard E, Jr., 'Sex difference in attitudes toward homosexual persons, behaviors, and civil rights: A meta-analysis', *Personality and Social Psychology Bulletin*, 22, 1996, pp. 336–53, and Herek, Gregory M, 'Sexual prejudice and gender: Do heterosexuals' attitudes toward lesbians and gay men differ?', *Journal of Social Issues*, 56(2), 2000, pp. 251–66。如 Herek 在稍后的一篇文章中写道:"……比起异性恋男性对女同性恋者的态度以及异性恋女性对无论男女同性恋者的态度,异性恋男性对男同性恋者的态度总是特别有敌意。"Herek 也曾写道,对异性恋男性而言,"同性恋这个话题往往让他们想起性取向、性别认同与个人威胁,很可能会因此激起防卫机制。"参考 Herek, Gregory M. and Capitanio, J. P., 'Sex differences in how heterosexuals think about lesbians and gay men: Evidence from survey context effects', *The Journal of Sex Research*, 1999, 36, pp. 348–60。

10. 个人通信(2013 年 6 月 13 日)。

11. 个人通信(2013 年 7 月 11 日)。

12. 个人通信(2013 年 6 月 21 日)。

13. Human Rights Campaign(2009), *Degrees of equality: A national study examining workplace climate for LGBT employees*, p. 15.

14 Ibid.

15. 个人通信(2013 年 6 月 13 日)。

16. 个人通信(2013 年 6 月 27 日)。

17. 个人通信(2013 年 6 月 10 日)。

18. 个人通信(2013 年 8 月 7 日)。

19. 个人通信(2013 年 10 月 30 日)。

第七章 意见领袖与偶像

1. 个人通信(2013 年 9 月 2 日)。

2. 米兰达·柯蒂斯在 2011 年 10 月被任命为水磨石连锁书店董事长。史蒂芬·克拉克(Stephen Clarke)在 2013 年 7 月成为 WH-Smith 公司 CEO。

3. 个人通信(2013 年 6 月 6 日)。

4. 个人通信(2013 年 11 月 19 日)。

5. 个人通信(2013 年 10 月 1 日)。

6. 欲了解更多关于公开身份的同性恋民选官员,请访问胜利基金会(Victory Fund)网站:http://victoryfund.org。

7. 众所皆知,在美国,新科政治人物的重大挑战之一就是现任官员。这或许可以解释美国社会变迁的速度比英国相对较慢。举例来说,参考 Cox, Gary W. and Katz, Jonathan N., 'Why Did the Incumbency Advantage in the U. S. House Elections Grow?'. *American Jour-*

nal of Political Science, Vol. 40(2), May 1996; 以及 Uppal, Yogesh, 'Estimating Incumbency Effects in U. S. State Legislatures: A Quasi-Experimental Study', *Economics & Politics*, 2010, 22: pp. 180 – 99.

8. Faiola, Anthony, 'Sicily's first openly gay governor wins support with anti mafia crusade', *The Washington Post*, 2 August 2013. Accessed via *The Washington Post* website: http://articles.washingtonpost.con/2013 – 08 – 02/world/40999023_1_cosa-nostra-mafia-nichi-vendola.

9. Reynolds, Andrew, *Out in Office: LGBT Legislators and LGBT Rights Around the World* (Chapel Hill: LGBT Representation and Rights Initiative, 2013), pp. 29 – 33.

10. Ibid.

11. 这个数字与2012年一项针对成年大众的民调形成对照,后者显示自我认同为男女同性恋者或双性恋者的比例只有1.5%。参考Office of National Statistics, 'Integrated Household Survey, January to December 2012'. Available at: http://www.ons.gov.uk/ons/dcp171778_329407.pdf。这项民调搜集了来自大约34万名民众的资料,是英国除了人口普查以外最大的社会数据库。英国国民选出650名国会议员代表他们进入下议院。截至2013年底,24名国会议员为同性恋者,占全体的3.5%。

12. 国会议员的时间,一半分给自己的选区选民,一半时间花在伦敦的国会中。根据国会规定,他们维修保养第二个家的花费可以报公账。自2006年起,国会议员照规定不可付房租给伴侣。2010年5月,一篇新闻报道披露洛斯将自己付给伴侣的房租作为花费申报,金额共超过4万英镑,随后担任财政部首席大臣的洛斯引咎辞职。洛斯说,他希望申报房租花费可以让他的性取向保持隐私,他不打算借此增加个人收入。

13. 2010 年 7 月 15 日,英国《卫报》刊登了一篇我写的社论,像大卫·洛斯这样的公众人物却必须隐藏自己的性取向,对此我感到难过。参考'Being outed is a blessing', *The Guardian*, 15 July 2010.

14. 个人通信(2013 年 7 月 8 日)。

15. 'Profile: Berlin's cult-status mayor', BBC News, 22 October 2001. Accessed via the BBC website: http://news.bbc.co.uk/1/hi/world/europe/1613270.stm.

16. *Hansard*, Vol, 124, cc. 987-1038, House of Commons debate, 15 December 1987. Accessed via the *Hansard* website, 23 November 2013.

17. 个人通信(2013 年 9 月 25 日)。

18. Savage, Michael. 'Crispin Blunt fights off local "dinosaurs" who tried to oust him, *The Times*, 19 November 2013. Accessed via *The Times* website: http://www.thetimes.co.uk/tto/politics/article3925282.ece.

19. 'The Global Divide on Homosexuality' (Pew Research Center, June 2013)。

20. CBOS Public Opinion Research Center, 'Polish Public Opinion', February 2013. Accessed via the CBOS website: http://www.cbos.pl/PL/publikacje/public_opinion/2013/02_2013.pdf.

21. Gera, Vanessa, 'Lech Walesa Shocks Poland with Anti-Gay Words', *Huffington Post*, 3 March 2013. Accessed via the *Huffington Post* website: http://www.huffingtonpost.com/2013/03/03/lech-walesashocks-poland_n_2802860.html.

22. 个人通信(2013 年 9 月 25 日)。

23. 'Krystyna Pawlowicz mocks Anna Grodzka', *Super Express*, 29 January 2013. Accessed via the *Super Express* website: http://www.se.

pl/wydarzenia/kraj/krystyna-pawlowicz-kpi-z-anny-grodzkiejblaszczak-brakujej-jej-doswiadczenia_303820.html.

24. 个人通信(2013年10月1日)。

25. 'Soccer chief calls for gays to come out. Associated Press, 17 January 2012. Accessed via the ESPN website: http://espn.go.com/sports/soccer/news/_/id/7471041/german-soccer-chief-theo-zwanziger-calls-gays-come-out.

26. 这些联盟包括美国职业棒球大联盟(MLB)、美国国家篮球协会(NBA)、国家橄榄球联盟(NFL)、国家冰球联盟(NHL)。

27. 根据UEFA排名,欧洲足球联盟前六强是西甲联赛(La Liga)、英超联赛(Premier League)、德甲联赛(Bundesliga)、意甲联赛(Serie A)、葡萄牙足球超级联赛(Primeira Liga)、法甲联赛(Ligue 1)。Accessed via the UEFA website: http://www.uefa.com/member-associations/uefarankings/country/.

28. 'Inner strength, inner peace', Associated Press, 2 November 1994. Accessed via the website: http://news.google.com/newspapers?nid=1368&dat=19941102&id=tplQAAAAIBAJ&sjid=FRMEAAAAIBAJ&pg=5210,373655.

29. 个人通信(2013年12月13日)。

30. 'Homosexualität wird im Fußball Ignoriert', *Die Zeit*, 13 January 2014. Accessed via the *Die Zeit* website: http://www:zeit.de/2014/03/homosexualitaet-profifussball-thomas-hitzlsperger.

31. 'Thomas Hitzlsperger: Former Aston Villa player reveals he is gay', BBC News, 8 January 2014. Accessed via the BBC News website: http://www.bbc.co.uk/sport/0/football/25628806.

32. Starr Seibel, Deborah, 'Billie Jean King recalls women's strug-

gle of her time', *New York Post*, 31 August 2013. Accessed via the *New York Post* website: nypost.com/2013/08/31/sports-legend-billie-jean-king-recalls-womens-rights-struggle-of-her-time/.

33. 个人通信（2013 年 10 月 1 日）。

34. Wertheim, Jon, 'A reluctant trailblazer, Navratilova laid groundwork for Collins', *Sports Illustrated*, 30 April 2013. Accessed via the *Sports Illustrated* website: http://sportsilustrated.cnn.com/magazine/news/20130430/jason-collins-martina-navratilova/.

35. 个人通信（2013 年 10 月 1 日）。

36. Adams, William Lee, 'Olympic Homophobia: Why Are There So Few Openly Gay Athletes?', *Time* magazine, 9 August 2012. Accessed via the *Time* website: http://olympics.time.com/2012/08/09/olympic-homophobia-why-are-there-so-few-openly-gay-athelets/.

37. 'Jason Collins says he's gay', ESPN.com, 30 April 2013. Accessed via the ESPN website: http://espn.go.com/nba/story/_/id/9223657/.

38. 'Brendon Ayanbadejo, Chris Kluwe file brief supporting gay marriage', Will Brinson, CBS.com. Accessed via the CBS Sports website: http://www.cbssports.com/nfl/eye-on-football/21787786/brendonayanbadejo-chris-kluwe-file-amicus-brief-supporting-gay-marriage.

39. 个人通信（2013 年 10 月 9 日）。

40. 个人通信（2013 年 12 月 13 日）。

41. BBC News, 'Olympic diving star Tom Daley in relationship with man', 2 December 2013. Accessed via the BBC News website: www.bbc.co.uk/news/uk-england-devon-25183041.

42. 个人通信（2013 年 7 月 11 日）。

43. Barry Dan, 'A Sports Executive Leaves the Safety of His Shad-

ow Life', *The New York Times*, 15 May 2011. Accessed via *The New York Times* website: www. nytimes. com/2011/05/16/sports/basketball/nba-executive-says-he-is-gay-html? Pagewanted = all&_r = 0.

44. Fulford, Adrian, Diversity Speech, South East Circuit, Middle Temple Hall, 20 January 2009. Accessed via the website: www. judiciary. gov. uk/Resources/JCO/Documents/Speeches/justicefulford-diversity-middletemple-hall-200109. pdf.

45. 个人通信(2013年10月9日)。

46. Fulford(2009)。

47. Ibid.

48. 个人通信(2013年10月9日)。

49. LGB Solicitor Career Survey 2009/2010, InterLaw Diversity Forum. Accessed via the website: http://outandequal. org/documents/London%20Calling. pdf.

50. 个人通信(2013年9月24日)。

51. Burton, Lucy, 'Revealed: females make up less than 10 per cent of top 100's equity partner ranks', *The Lawyer*, 24 October 2012. Accessed via *The Lawyer* website: http://www/thelawyer. com/revealed-females-make-up-less-than-10-per-cent-of-top-100s-equitypartner-ranks/1015190. article.

52. Hall, Kathleen, 'Diversity League Table shows promotion gap', *The Law Society Gazette*, 11 November 2013. Accessed via *The Law Society Gazette* website: http://www. lawgazette. co. uk/law/diversity-league-table-showspromotion-gap/5038711. article.

53. LGB Solicitor Career Survey 2009/2010.

54. 个人通信(2013年9月27日)。

第八章 打碎玻璃

1. 个人通信（2013年9月6日）。

2. 2013年12月10日，奥本大学（Auburn University）人类科学院颁发终身成就奖予该学院1982年的毕业生蒂姆·库克。库克的这段话来自于他的获奖感言，奥本大学在2013年12月14日上传至官方 YouTube 频道。影片来源：http://youtu.be/dNEafGCf-kw。

3. 个人通信（2013年8月14日）。

4. 'Out on the Street 2013: A Message from the Founder'. Accessed via the website: http://outonthestreet.org/wp-contcnt/uploads/2012/11/membership-overview.pdf.

5. 个人通信（2013年7月12日）。

6. Kwoh, Leslie, 'Firms Hail New Chiefs(of Diversity)', *The Wall Street Journal*, 5 January 2012. Accessed via *The Wall Street Journal* website: http://online.wsj.com/article/SB10001424052970 20389950457712-9261732884578.html.

7. Dexter, Billy, 'The Chief Diversity Officer Today: Inclusion Gets Down to Business'. Accessed via the Toronto Region immigrant Employment Council website: http://triec.ca/uploads/344/inclusion_gets_down_to_vysubess_cdo_summ.pdf.

8. Kwoh(2012).

9. 个人通信（2013年9月11日）。

10. 个人通信（2013年9月17日）。

11. 'IBM Supplier Conduct Principles: Guidelines'. Accessed via the Human Rights Campaign website: http://www.hrc.org/files/assets/resources/scpg-v2.0.pdf. 2004年，全国男女同性恋商会（NGLCC）与美国航空（American Airlines）、IBM、英特尔、摩根大通集团等11个企

业合作,成立供应商多元性计划(Supplier Diversity Initiative)。这项计划提供小型企业LGBTBE认证(lesbian, gay, bisexual and transgender business enterprises),代表企业多数股东、营运者与管理者为LGBT人群。这项认证帮助企业在采购过程中获得青睐,也让企业找到值得信赖的LGBT公司合作。

12. 个人通信(2013年6月10日)。

13. 个人通信(2014年1月16日)。

14. 'Gayglers: Google's LGBT Employee Resource Group.' Accessed via the Google blog: http://googleblog.blogspot.co.uk/2011/06/celebrating-pride-2011.html.

15. 个人通信(2013年8月30日)。

16. 个人通信(2013年9月6日)。

17. Froelich, Jacqueline, 'Gay Walmart group PRIDE comes out', *Arkansas Times*, 12 December 2012. Accessed via the *Arkansas Times* website: http://www.arktimes.com/arkansas/gay-walmart-group-pride-comes-out/Content? oid=2568636

18. 个人通信(2013年12月6日)。

19. Human Rights Campaign, Corporate Equality Index, 2014, p.30.

20. Human Rights Campaign, Corporate Equality Index, 2006, p.8.

21. 个人通信(2013年9月6日)。

22. 个人通信(2013年6月24日)。

23. Cowan, Katherine, *Monitoring: How to monitor sexual orientation in the workplace*(Stonewall Workplace Guides, 2006), p.12.

24. 个人通信(2013年9月11日)。

25. 个人通信(2013年11月29日)。

26. 个人通信(2013年12月2日)。

27. 个人通信(2013年6月2日)。

28. Hewlett, Sylvia Ann; Sears, Todd; Sumberg, Karen; and Fargnoli, Christina, p. 35.

29. 个人通信(2014年1月16日)。

30. 个人通信(2013年6月10日)。

31. Ashworth, Alice; Lasko, Madeline; and Van Vliet. Alex, *Global Working: supporting lesbian, gay and bisexual staff on overseas assignments*(Stonewall Workplace Guides, 2012), p. 9.

32. 与西盟斯律师事务所(Simmons & Simmons)的个人通信(2014年1月10日)。

33. 个人通信(2013年8月16日)。

34. 个人通信(2013年6月14日)。

第九章 衣柜之外

1. *The World at One*, BBC Radio 4, 2 December 2013.

2. 'Gays in the military: The UK and US compared', BBC News, 2 February 2010. Accessed via the BBC website: http://news.bbc.co.uk/1/hi/8493888.stm.

3. 'Gay Tory frontbencher comes out', *The Guardian*, 29 July 2002, Accessed via *The Guardian* website: http://www.theguardian.com/politics/2002/jul/29/conservatives.alanduncan.

4. Macalister, Teny and Carvel, John, 'Diversity drive at BP targets gay staff'. *The Guardian*, 20 June 2002. Accessed via *The Guardian* website: http://www.theguardian.com/uk/2002/jun/20/johncarvel.terrymacalister.

5. Chittenden, Maurice, 'Air tycoon breaks City's gay taboo'. *The*

Sunday Times(ofLondon), 27 October 2002. Accessed via The *Sunday Times* website: http://www. thesundaytimes. co. uk/sto/news/uk_news/article216937. ece.

6. Parris, Mattew, 'Lord Browne paid the price for the City's awkwardness about gays', *The Times*(ofLondon) ,2 May 2007. Accessed via *The Times* website: http://www. thetimes. co. uk/tto/opinion/columinsts/matthewparris/article2044118. ece.

7. Ibid.

8. 个人通信(2013 年 10 月 10 日)。

9. 个人通信(2013 年 12 月 3 日)。

图书在版编目（CIP）数据

出柜：一位商业领袖的忠告／（英）约翰·布朗（John Browne）著；王祁威译. —上海：上海社会科学院出版社，2018

书名原文：The Glass Closet：Why Coming Out Is Good Business

ISBN 978-7-5520-2250-6

Ⅰ.①出… Ⅱ.①约… ②王… Ⅲ.①回忆录－英国－现代 Ⅳ.① I561.55

中国版本图书馆 CIP 数据核字（2018）第 048337 号

企业家文库系启蒙编译所旗下品牌
本书文本、印制、版权、宣传等事宜，请联系：qmbys@qq.com

THE GLASS CLOSET: WHY COMING OUT IS GOOD BUSINESS
By JOHN BROWNE
Copyright © JOHN BROWNE, 2014
This edition arranged with ED VICTOR LTD.
through Big Apple Agency, Inc., Labuan, Malaysia.
Simplified Chinese edition copyright:
2018 Wuhan Enlightenment Compilation and Translation Company Co., Ltd
All rights reserved.

上海市版权局著作权合同登记号：图字 09-2018-020

出柜：一位商业领袖的忠告

著　　者：	〔英〕约翰·布朗
译　　者：	王祁威
责任编辑：	唐云松
出 版 人：	佘　凌
出版发行：	上海社会科学院出版社
	上海顺昌路 622 号　　邮编 200025
	电话总机 021-63315900　销售热线 021-53063735
	http://www.sassp.org.cn　E-mail: sassp@sass.org.cn
印　　刷：	上海新文印刷厂
开　　本：	890×1240 毫米　1/32 开
印　　张：	7.75　　插　页：3　　字　数：166 千字
版　　次：	2018 年 7 月第 1 版　2018 年 7 月第 1 次印刷

ISBN 978-7-5520-2250-6/ I·275　　　　　定价：45.00 元

版权所有　翻印必究

读者联谊表

（请发电邮索取电子文档）

姓名：_____ 年龄：_____ 性别：_____ 宗教或政治信仰：_____

学历：_____ 专业：_____ 职业：_____ 所在市或县：_____

邮箱_____QQ_____手机_____

所购书名：_____在网店还是实体店购买：_____

本书内容：满意　一般　不满意　　本书美观：满意　一般　不满意

本书文本有哪些差错：

装帧、设计与纸张的改进之处：

建议我们出版哪类书籍：

平时购书途径：实体店　　　网店　　　其他（请具体写明）

每年大约购书金额：_____ 藏书量：_____ 本书定价：贵　不贵

您认为纸质书与电子书的区别：

您对纸质书与电子书前景的认识：

是否愿意从事编校或翻译工作：　　　　愿意专职还是兼职：

是否愿意与启蒙编译所交流：　　　　　是否愿意撰写书评：

凡填写此表的读者，可六八折（包邮）购买启蒙编译所书籍。

本表内容均可另页填写。本表信息不作其他用途。

电子邮箱：qmbys@qq.com

启蒙编译所简介

启蒙编译所是一家从事人文学术书籍的翻译、编校与策划的专业出版服务机构，前身是由著名学术编辑、资深出版人创办的彼岸学术出版工作室。拥有一支功底扎实、作风严谨、训练有素的翻译与编校队伍，出品了许多高水准的学术文化读物，打造了启蒙文库、企业家文库等品牌，受到读者好评。启蒙编译所与北京、上海、台北及欧美一流出版社和版权机构建立了长期、深度的合作关系。经过全体同仁艰辛的努力，启蒙编译所取得了长足的进步，得到了社会各界的肯定，荣获新京报、经济观察报、凤凰网等媒体授予的年度译者、年度出版人、年度十大好书等荣誉，初步确立了人文学术出版的品牌形象。

启蒙编译所期待各界读者的批评指导意见；期待诸位以各种方式在翻译、编校等方面支持我们的工作；期待有志于学术翻译与编辑工作的年轻人加入我们的事业。

联系邮箱：qmbys@qq.com

豆瓣小站：https://site.douban.com/246051/